AF236666

Mia Morgenstern

Grenzspringer

Einblick ins Buch

Über eine kurz vor der Pandemie beginnende Liebe, die durch ungewöhnliche Einflüsse, viel stärker wird als vorher gedacht. Sie geht über Grenzen hinweg, löst aus festgefahrenen Gewohnheiten und gibt Mut, an den man nicht mehr geglaubt hat.

Der Inhalt dieses Buches ist an das Weltgeschehen angelehnt, jedoch frei erfunden.

Autorin

Mia Morgenstern , eine aus Schleswig Holstein stammende Frau, die immer den Drang verspürt, gegen den Strom schwimmen zu müssen.

Beachtet die Stimme eures Herzens. Ihr habt nur ein Leben und es ist viel zu kostbar um Jahre des Unglücklichseins, über euch ergehen lassen zu müssen.

Bibliografische Information der Deutschen Nationalbibliothek: Die Deutsche Nationalbibliothek verzeichnet diese Publikation in der Deutschen Nationalbibliografie; detaillierte bibliografische Daten sind im Internet über dnb.dnb.de abrufbar.

2. Auflage. Überarbeitet im September 2022

Herstellung und Verlag: BoD - Books on Demand, Norderstedt

ISBN: 9 783756 802074

Inhalt

Wie schauen uns um

Irgendwo in Luxemburg. Eine Ortschaft ist wie eine Aneinanderkettung verschiedenster Leben. Es ist unsagbar interessant, Menschen beim Leben zu beobachten, sie irgendwie zu begleiten, als heimlicher Beobachter. Jeder ist nur ein winziger Punkt in unserer Welt und jeder versucht seinem Mikrokosmus eine besondere Bedeutung zu geben, ihn mit etwas zu füllen, was glücklich macht. Das gelingt weit weniger Menschen als man eigentlich annimmt, doch ich denke, dass so ziemlich jeder dieses Ziel anstrebt. Ab und zu besuche ich diese Ortschaft, nehme Veränderungen wahr, versuche mir ein Bild zu machen. Ein Bild, das hinter der Fassade der Behausungen steckt. Für eine kleine Weile in meinem und eine Weile in ihrem Leben, gehen wir nebeneinander her. Wahrscheinlich ohne, dass man mich überhaupt bemerkt. Ein Jeder hat seine kleine Geschichte.

Es ist sehr still hier morgens um acht Uhr, an einem Sonntag. Fast niemand scheint auf den Beinen zu sein.

Und wenn doch, dann tut er es leise. Aus Rücksicht vielleicht oder weil er selbst die Ruhe liebt. Nur wenige rauschen, mit ihren überdimensionalen Gefährten, durch die gepflegten Straßen. Wahrscheinlich auf dem Weg zur Arbeit oder sie machen sich auf den Weg Verwandte zu besuchen.

Eine neue Straße ist entstanden. Hässliche graue Betonklötze, ähnlich wie Pflastersteine, stehen wie Perlen einer Kette aneinandergereiht. Die Gärten, sehen noch wie Schutthalden aus. Unkraut wuchert auf zusammengeschobenen Erd-und Schotterhügeln, zwischen Resten von Fliesen, Steinwolle und angebrochenen, ausgehärteten Zementsäcken. Paletten mit Pflastersteinen oder Natursteinplatten, stehen planlos irgendwo abgestellt herum und warten darauf verlegt zu werden. Manche Baustellen, jedenfalls die am Haus selbst, scheinen abgeschlossen zu sein. Einige Häuser stecken noch in Folien und man hört das Dröhnen von Trocknungsmaschinen. Oft stehen die Busse der Arbeiter vor oder in den Einfahrten, die noch Endarbeiten verrichten.

Emsig oder fleißig wie eine Biene, arbeitet der asiatische Farmer in seinem Garten. Er lebt jetzt schon in einem der Pflastersteine. Eigentlich weiß ich anfangs noch gar nicht, wie fleißig er ist. Oder dass sich sein Garten, zu einem überaus ertragreichen Nutzgarten entwickelt. Er planiert ihn komplett selbst. Mit Hilfe einer einfachen Hacke. Allein dabei schon, muss er sehr viel Ausdauer und Kraft aufbringen, denn der Boden liegt vorerst in dicken Brocken, teilweise in großen Haufen, uneben, überall verstreut herum. Dann zieht er einen kleinen Graben, einmal komplett um das Grundstück herum. Wofür? Das werde ich erst später erfahren. Dann hackt er einige Löcher in das Land, so wie Mulden, mit einem Wall rundherum. Einen Tag später, sitzen Zucchini oder Kürbispflanzen darin, die sich sehr schnell prächtig entwickeln. Der Farmer hat auch eine Frau, die mit ihm dort lebt. Auch sie scheint vom Aussehen her, asiatische Wurzeln zu haben. Ganz selten sieht man bei ihm auch ein Kleinkind. Und noch seltener ein Mädchen, das etwa 10 Jahre alt sein könnte. Der Mann scheint immer zu Hause zu sein. Und dort hat er immer, wenn ich an dem Grundstück vorbeikomme, etwas zu tun. Mal putzt er die Terrasse, mal kümmert er sich um die Pflanzen und manchmal scheint er Wäsche zu waschen. In Eimern. Ich glaube wirklich, dass diese Familie, weder eine Waschmaschine, noch einen Wäscheständer besitzt, denn rund um den Zaun herum, hängen diverse Kleidungsstücke zum Trocknen.

Er taucht und rubbelt, wringt und hängt dann ein Teil nach dem anderen auf.

Ich frage mich wirklich, wie man sich in einem so hässlichen Klotz wohlfühlen kann. Ein weiß-anthrazit-farbener Kasten, mit Einschubfächern für die Toten. So sieht es zumindest aus. Vierundzwanzig an der Zahl. Wie ein Urnengrab halt. Menschen die lebendig sind, hab ich dort noch nie entdecken können.

Leise surrend gleitet der kleine Mähroboter über den kurz geschorenen Rasen, der einem blassgrünen Teppich gleicht, so eben und gleichmäßig sieht er aus. Ich frage mich, ob das Gerät auch aus seiner Ladestation herausfährt, wenn hundert Halme des Grases, auf dem gesamten Grundstück, die Höhe um einen halben Millimeter überschreiten. So ein Roboter ist dennoch eine geniale Erfindung. Er schenkt seinen Besitzern unsagbar viel Freizeit. Diese herrliche Zeit, die jetzt mehr zur Verfügung steht, wird beim gepflegten Landsitz, dem Anschein nach, vor dem Fernseher verbracht. Denn immer wenn ich vorbeikomme, läuft dieser. Und er hat eine beträchtliche Größe. Im Garten, der so einladend wirkt, durch seine wirklich ansprechende Gestaltung und seine wunderschöne Aussicht, die sich über grüne

Wiesen erstreckt, ist nie ein Mensch zu sehen. Hier lebt wohl nur der Roboter.

Wenn ich so viel telefonieren würde, dann würden mir wohl bald die Ohren bluten oder die Zunge rausfallen. Egal zu welcher Tageszeit ich an der Telefonisten Wohnung vorbeikomme, sitzt der Mieter oder Besitzer dieser Wohnung, auf dem Boden seines Balkons, mit dem Rücken an die Wand gelehnt, plappert er lauthals, als gäbe es kein Morgen mehr. Ich habe allerdings noch nie so genau zugehört, sodass ich nicht sagen kann, in welcher Sprache er so ununterbrochen spricht.

Mief wabert durch das Treppenhaus. Die Katzenfrau hat ihre Wohnung verlassen. Sobald sie die Tür öffnet, müffelt es gewaltig. Nach Pipi, faulendem Gemüse, schimmeligem Brot oder anderem gammelnden Zeug. Es schleichen immer ein paar Katzen um ihre Fenster, weil sie wissen, dass sie die Tiere dort hineinlässt oder ihnen Futter gibt. Die Viecher sitzen lungernd auf den Fensterbrettern oder kugeln sich auf dem Rasen vor dem Haus herum. Sie sind sehr gut genährt. Eine von ihnen ist eher kugelrund und riesengroß. Der fette Tiger wirkt viermal so groß wie mein Hund. Manchmal sieht er aus, als könnte er sich vorstellen meinen Miniköter als Vorspeise zu vernaschen. Die Dame scheint nur ihre Katzen zu haben, sonst wohnt sie allein. Sie ist nicht mehr gut zu Fuß. Wenn sie mir über den Weg läuft, ist sie fast immer mit dem Rollator unterwegs. Selbst das Öffnen der schweren Haustüren, scheint eine große Herausforderung zu sein.

Der protzige Benz gleitet die Straße hinab. Seine hinteren Scheiben sind stark abgedunkelt. Der mattschwarze Lack schimmert samtig in der Nachmittagssonne. Der Wagen biegt rechts in eine breite Auffahrt ein und hält vor dem überdimensionalen Tor, das wohl auch ein Panzer nicht durchbrechen könnte. Schwarze Stangen aus massivem Eisen greifen zahnartig ineinander. Die Fahrertür öffnet sich und es scheint sie wäre ähnlich schwer wie das Tor, denn der Mann hat deutliche Schwierigkeiten diese aufzustoßen. Behäbig rollt er seinen dicklichen Körper vom Sitz. Sein dunkelblaues Hemd ist übersät von feuchten Flecken und sein Kopf leuchtet feuerrot. Als er auf seinen auf Hochglanz polierten braunen Lederschuhen steht, greift er sich beherzt in den Schritt und rüttelt sein Gehänge in die richtige Position. Er scheint sich dabei vollkommen unbeobachtet zu fühlen, denn er hebt dabei sein rechtes Bein, als wollte er wie ein Hund, an einen

Baum pinkeln. Dann setzt er sich in Bewegung. Neben dem Tor hängt ein Schuhkarton großer Kasten. Der Mann öffnet eine daran befindliche Klappe und tippt auf der Tastatur eine lange Tastenkombination ein. Dann öffnet sich das Tor, eigenartig fächerförmig zu beiden Seiten. Er zieht vor dem Einsteigen seine Hosenbeine nach oben, bevor er sich wieder, auf den sesselförmigen Ledersitz begibt und die Wagentür verschließt. Langsam setzt sich der Benz wieder in Bewegung. Er verschwindet in einer Biegung, der langgezogenen Auffahrt. Ich nenne sein Haus Preußenbunker.

Bei manchen Häusern frage ich mich wirklich, was es wohl kosten würde, sich so einen Bau anfertigen zu lassen. Die Villa mit dem Prächtigen Garten ist so aufwändig und detailreich, sowie liebevoll gestaltet, dass ich wirklich lange davor stehen könnte, weil ich immer wieder etwas Neues entdecken würde, das mir ein Lächeln auf die Lippen zaubert. So schön ist es. Man muss schon sehr viel Geld haben, um in solch einer Villa zu wohnen. Für mich ist so ein Prunk nicht wichtig. Ruhe und Frieden um mich herum, eine sich herrlich anfühlende Liebe, ein kleiner Garten und mein Hund. Viel mehr brauche ich nicht. Das wäre für mich eine wahre Erfüllung. Dennoch schaue ich mir dieses Haus, immer wieder gerne an.

Ich ziehe jetzt bald schon ein Jahr, immer mal wieder, meine Runden hier. Immer mit meinem kleinen Hund. Seit dem Anfang dieses Jahres begann die wirklich unvorstellbar seltsame und auch beängstigende Geschichte von dem Coronavirus. Die ganze Welt ist mittlerweile davon betroffen. Unfassbar viele Menschen infizieren sich damit und die Zahl der Toten steigt immer noch. In manchen Ländern so schlimm, dass selbst die Bestattungsunternehmen nicht mehr wissen, wie sie mit der gigantischen Zahl der Leichen fertig werden sollen. Es spielen sich wirklich äußerst dramatische Szenarien ab und auch in Deutschland versucht man das Gesundheitssystem, auf das Schlimmste vorzubereiten. Alle Schulen und Kitas sind geschlossen. Viele Menschen können nicht mehr zur Arbeit gehen. Alle Restaurants, Geschäfte, Sportstätten, Kinos, Friseure, Tätowierer und Kosmetikstudios, Praxen für Physiotherapie, Musikschulen, Universitäten und wer weiß was noch alles, dürfen ihre Türen nicht mehr öffnen. Nur Lebensmittelgeschäfte, Banken und Tankstellen dürfen weiterhin ihre Kundschaft bedienen. Bei den Banken sind auch nur noch wenige Filialen geöffnet. Man muss teilweise echt lange Wege in Kauf nehmen um einen Scheck einzulösen. Es besteht eine weltweite Reisewarnung. Sowas hab ich noch niemals gehört. Auf den Flugplätzen ist kaum genug Platz um die ganzen parkenden Flieger unter zu bringen. Sowas Verrücktes. Die Flughäfen sind leergefegt. Deutschland hat etwa 240000 Menschen aus den Urlaubsländern wieder nach Hause geholt, damit sie in Sicherheit sind. Ob es hier Sicherheit gibt weiß man nicht wirklich, denn auch hier steigt die Zahl der Infizierten immer weiter an. Zum Glück durften in Deutschland die Baugeschäfte geöffnet bleiben und auch alle Baustellen. Der Straßenbau, Garten und Landschaftsbau oder das Maurergewerbe. In Luxemburg ist das nicht so. Auf den Baustellen jeglicher Gewerberichtung bewegt sich gar nichts mehr. In dem Gebiet wo ich meine Runden drehe, rührt sich absolut nichts. Und es wimmelt hier sonst nur so von Bauarbeitern. Jede Lücke wird hier neu bebaut oder ältere Gebäude komplett saniert oder renoviert. Alles steht still. Man kann beobachten wie die Natur anfängt sich etwas zurückzuerobern. Ein Rabenpärchen nistet gemütlich in den Betongewichten des Schwenkarms eines riesigen Baukrans. Fleißig schleppen sie Zweige und Gräser in ein Loch. Kriechen hinein und segeln kurze Zeit später wieder mit leeren Schnäbeln hinaus.

Warum hier?

Was treibe ich eigentlich in Luxemburg? Na was wohl? Die Liebe hat mich gefangen. Ein waschechter Luxemburger hat mein Herz erobert und so schwirre ich irgendwie, als hätte ich plötzlich zwei Leben, in der Weltgeschichte herum. Zeitweise fühlt es sich an, als wäre es sehr unwirklich. Doch sehr oft ist es so schön, dass ich es nicht mehr missen möchte. Dieser Mann hat eine eigenartige Anziehungskraft. Ich fühle mich derart zu ihm hingezogen, als wäre er magnetisch. Er scheint mein Gegenstück zu sein. Jemand nachdem ich mich schon so lange gesehnt habe. Ich will bei ihm sein, so oft ich kann. Nichts wird mich davon abhalten.

Es ist wieder da. Das übertriebene Gefühl der Verliebtheit.
Ich ertrinke in Gefühlen.

Jemand hat mich gefunden oder ich ihn? Wer weiß das schon?
Krasse Reaktionen auf Vieles was ich anspreche. Sehr
interessanter Mensch. Viel älter als ich es bin. Fünfzehn Jahre
liegen zwischen uns. Die Intensität unserer Gespräche ist
außergewöhnlich. Die emotionalen Ausbrüche ebenfalls. Wir
müssen fast aufpassen, dass wir nicht übereinander herfallen,
obwohl wir mehrere hundert Kilometer voneinander entfernt sind.
Beide sind wir psychisch gesehen, ein paar Schritte zu nah am
Abgrund. Diese Gemeinsamkeit und die äußeren Umstände,
scheinen die Anziehungskraft noch zu verstärken. Fast so wie ein
Magnet. Wir verschmelzen miteinander zu einem lodernden Stern,
beinahe wie die Sonne. Ich versuche mich dagegen zu
wehren........ doch vergeblich. Ich bin nicht stark genug.

Welch überwältigende Gefühle!

In der Corona Krise, wie sie sich schimpft, rutscht vieles in Schieflage. Nicht nur, dass viele Außengrenzen der EU geschlossen wurden, auch an den Binnengrenzen im Schengen Raum, werden wieder Grenzkontrollen durchgeführt. Kilometerlange Staus, nicht nur für die LKW Kolonnen, sind die Folgen, sondern auch für die vielen Pendler beginnt eine wochenlange Farce. Nur mit aktuellen Spezialpapieren können sie die Grenzen passieren, denn nur noch aus triftigem Grund darf man rüber. Europa und wohl der Rest dieses Erdballs ist auf so eine Situation absolut nicht vorbereitet. Es herrscht Chaos auf allen Ebenen. Die Luxemburger sind nicht grundlos erbost über die Grenzschließungen. Und sie verhandeln unentwegt mit den Deutschen über vernünftige Regelungen. Das Schengen-Abkommen ist ein so wichtiges Bündnis und meiner Meinung nach macht ein Virus nicht einfach an den Grenzen Halt, nur weil man die richtigen Papiere bei sich trägt. Ich habe laut der aufgezählten triftigen Gründe nicht das Recht nach Luxemburg zu reisen, obwohl die Deutschen schon wieder "rein" dürfen. Sie durften es immer, denn Luxemburg hat in dieser Zeit nie die Grenzen geschlossen. Auch wenn man bei der Hotline andere Auskünfte bekam. An dem Grenzübergang in Wasserbillig, in Richtung Luxemburg, habe ich keinen einzigen Polizisten, oder Soldaten entdecken können. Ohne Komplikationen, doch mit gewaltigen Hitzewallungen, bin ich hineingerauscht.

Wieder in Deutschland, direkt am ersten Rastplatz, wurde ich zwar angehalten, jedoch ohne wirkliche Registrierung einfach durchgewunken. Es war ein Soldat in voller Kluft. Man hat nur geguckt, ob ich einen deutschen Ausweis habe. Ich glaube Deutschland will gegenüber der EU Länder, oder der gesamten Welt zeigen wie konsequent und durchsetzungsfähig wir sind. Was aber nicht wirklich der Fall ist. Alles nur Schein. Doch wer fährt schon zu einer Grenze, die laut Medien geschlossen ist? Kaum jemand. Ich habe es dennoch getan. Meine Liebe wird wohl nicht zu mir gelassen. Ich habe gesehen wie Autos mit Luxemburger Kennzeichen rausgewunken wurden. Ohne die richtigen Papiere, muss man sicherlich in Begleitung der deutschen Polizei umkehren.

Es ist fast kein Flugzeug am blauen Himmel zu sehen. Er ist frei von Kondensstreifen. Busse fahren komplett leer durch die ausgestorbenen Straßen. Nur der Fahrer sitzt da, wo er immer ist. Es dürfen nur noch zwei Menschen zusammen auf die Straße, es sei denn, sie gehören zu einem Haushalt.

Die Zahl der Infizierten und auch die der Gestorbenen nimmt wirklich beängstigende Ausmaße an. Man soll jetzt Masken tragen wenn man einkaufen geht. Vor dem Cactus winden sich überdimensionale Schlangen aus Einkaufswagen und Menschen über den Parkplatz. Ein Ordner steht am Eingang vor der Drehtür. Es wird nur eine begrenzte Anzahl an Leuten in den Laden gelassen und ein Mindestabstand von zwei Metern soll eingehalten werden. In Deutschland sind es mindestens 1,50 m. Behördengänge kann man nur noch mit einem vorher vereinbarten Termin machen. Die Wartezeiten können sogar mehrere Wochen lang sein. Ich wollte mein Auto ummelden. Das war erst zwei Wochen später möglich. Ich war sehr überrascht, wie ernst die Lage bei der Zulassungsstelle genommen wurde. Ein großer Pavillon stand vor der Eingangstür und darunter standen mit großem Abstand einige Stühle. Ein Mann schien so was wie ein Ordner zu sein. Er fragte den Namen und die Uhrzeit des Termins ab und begleitete mich zu einem Wartebereich innerhalb des Gebäudes. Er ging förmlich auf in dieser Aufgabe. Wenn sich zwei zu nahe kamen, hob er die Hand, ermahnte zur Vorsicht und verwies auf Bereiche, in denen man sich sicher aufhalten konnte. Überaus vorbildlich dieser Herr. Daumen hoch!

In dem versteckten Häuschen würde ich am liebsten selbst wohnen. Es liegt einige Meter zurück. Eine große verwilderte Rasenfläche, eine Reihe hochgewachsener Bäume und so etwas wie eine Efeuhecke, die etwas mehr als 80 cm hoch ist, lassen es ein wenig verwunschen aussehen. Natürlich und in Frieden gelassen, so wirkt es auf mich. Ich bin mir nicht sicher ob in diesem Haus überhaupt jemand lebt. Die einzigen Zeichen dass es bewohnt sein könnte, sind die bepflanzten Blumenkästen vor den Fenstern und dass die Mülltonnen immer mal an der Straße stehen. Ansonsten scheint es verlassen und verwahrlost zu sein. Auf dem Briefkasten liegt schon seit Monaten eine völlig verwitterte Zeitung, der Posteinwurf ist mit Spinnweben überzogen und auf der Auffahrt wuchert das Unkraut.

Im Garten des asiatischen Farmers sprießt das Gemüse mittlerweile über alle Maßen. Es muss die gute Pflege sein. Der Mann scheint rund um die Uhr für seine Pflanzen da zu sein. Die Hecke aus Mais ist mittlerweile mannshoch. Sie wurde in den Graben gepflanzt und an den auf dem Boden rankenden Gewächsen liegen schon pampelmusengroße Kürbisse. In der gesamten Häuserreihe, in der jedes einzelne Haus dem anderen gleicht, entwickeln sich jetzt auch die anderen Gärten. Einige werden von professionellen Gärtnern angelegt, manche von den Besitzern selbst.

Das Baugewerbe darf zum Glück auch hier in Luxemburg wieder brummen. Die Schulen haben im Moment ja Ferien. Doch alle Geschäfte, zumindest diese die den Lockdown überlebt haben, sind wieder offen. Es ist sauheiß im August 2020, weit über 30 Grad. Am blauen Himmel sieht man allmählich auch wieder Passagierflieger. Nicht in der gewohnten Anzahl wie vor der Krise, dennoch sind wieder welche in der Luft. Lufthansa und auch wohl alle anderen Fluggesellschaften weltweit, kriechen winselnd am Boden. Umsatzeinbußen von über 90 %. Das wird noch eine üble Durststrecke bleiben. Ich weiß wirklich nicht, wer diese Zeit überleben wird. Am Wochenende ist am Markusberg eine Corona Teststation errichtet worden oder besser Covid-19 Teststation für Reiserückkehrer aus Risikogebieten. Luxemburg zählt dazu. Luxemburg testet und testet. Führt so viele Tests am Tag durch, wie kein anderes Land in Europa. Und somit werden auch mehr Infizierte entdeckt als anderswo, die sonst unentdeckt weitere angesteckt hätten. Und weil auch viele Pendler, die in Luxemburg arbeiten, aus Belgien,

Deutschland und Frankreich ebenfalls zu Tests eingeladen werden, die auch kostenlos sind, werden diese Zahlen dazu gerechnet. Dementsprechend erhöhen sich die Zahlen, der an Covid-19 Erkranken in der Statistik. Wenn in Deutschland, im gleichen Maße getestet werden würde, wäre die Basisreproduktionsnummer gigantisch. Im Moment steckt eine infizierte Person, 1,2 weitere Personen an. Das ist schon bedenklich. In Luxemburg steht diese Zahl auf 0,8. Diese Daten habe ich von der Covid-19 App und die wird angeblich von der WHO gefüttert. Ich hasse Zahlen! Dennoch suche ich sie. Jeden Tag durchstöbere ich das Internet, um an neue Zahlen zu kommen. Zahlen die mir sagen, wie schlimm das Virus um sich schlägt. Ich fürchte mich vor dem Coronavirus.

Milos neues Revier

Mein kleiner Hund trottet neben mir her. Er heißt übrigens Milo. Ihm ist so heiß wie mir und er ist sicher froh wenn wir wieder den Ventilator im Blick haben. Kleine Hunde machen auch kleine Häufchen. Als pflichtbewusste Hundebesitzerin, sammle ich die Dinger natürlich auf. Ich muss die Häufchentütenbeauftragten von Luxemburg wirklich mal außerordentlich loben. Noch nie, habe ich einen Hundehaufentütenspender hier gesehen, der keine Tüten mehr hatte. In Deutschland sucht man sich einen Wolf. In meiner Wohngegend habe ich weit und breit noch keinen gesehen. Tonnen die extra nur für Hundekotbeutel aufgestellt wurden ja, die gibt es. Sorry Luxemburg, doch mein Vorrat dieser Beutel stammt leider komplett von euch.

Er sitzt schon am frühen Morgen rauchend auf seiner kleinen Terrasse. Rauchschwaden ziehen nach oben und verschwinden einfach in gewisser Höhe. Manchmal hat er Besuch von einer um einiges jüngeren Frau. Sie hat auch einen kleinen Hund. Und immer wenn man sich der Terrasse nähert, rennt der

Winzling, bellend auf einen zu. Doch meistens ist der Mann allein. Ich schätze ihn auf etwa 60 Jahre, seine Haare sind silbergrau. Die zwei scheinen sich prächtig zu verstehen, denn und sie halten sich sehr oft an den Händen. Und während sie so nebeneinander dasitzen, ist auf ihren Mündern meist ein Lächeln zu sehen.

In dem anthrazitfarbenen Klotz des Krematoriums kommt ein Hauch von Leben. Ein Paar sitzt auf der Terrasse und unterhält sich leise. Als ich vorbei gehe, grüßen sie mich freundlich mit: "Moien!". Das sagen die Luxemburger hier. Eigentlich zu jeder Zeit am Tag. Ich schätze sie auf Mitte 30 oder Anfang 40. Sie sind legere gekleidet. Vor der Haustür steht jetzt auch etwas Farbiges, was dem Klotz, wenn es auch winzig ist, meine Sympathien zuspielt. Eine dicke blaue Kuh, sitzt mit breitem Hinterteil einfach da. Sie ist sicherlich handgefertigt, mit lustig abstehenden Ohren, nach oben aufgerichtet Hörnern und roten Flecken. Sie grinst breit und hält in ihren Klauen ein Willkommensschild. Daneben steht ein bauchiger Blumenkübel, ebenfalls blau. Rot blühende Pflanzen und ein üppiger weiß-grüner Efeu rankt weit über den Rand hinweg. Jetzt weiß ich, dass es hier auch lebendige Menschen gibt. Es ist wohl doch kein Krematorium.

Obwohl der eifrige Mähroboter seine Arbeit scheinbar gewissenhaft und perfekt ausübt, müssen dennoch die Ränder nachgearbeitet werden. Überraschender Weise erledigt das nicht einmal ein Angestellter. Vater und Sohn, so sieht es zumindest aus. Er, Mitte vierzig, trägt eine hochgekrempelte blaue Arbeitshose mit schwarzen Applikationen. Er scheint zu wissen was er tut, denn er wirft mit einem Zug die Motorsense an und kappt damit die hochgewachsenen Brennnesseln, die sich getraut haben, in die Hecke zu wuchern. Der, mit einem Minirasenmäher aus Plastik, ausgestattete Zwerg, flitzt über die teppichähnliche Rasenfläche, des gepflegten Landsitzes. Er steckt mit seinen Beinen, in derselben Arbeitshose wie sein Vater. Blau schwarz nur viele Größen kleiner. Die Zwei sind ein eingespieltes Team.

Das verlassene Mietshaus, steht jetzt etwa seit einem halben Jahr leer. Der Garten wird wohl weiterhin von einem Gärtner gepflegt, denn die Hecken sind vorbildlich in Form, der Rasen kurz geschoren und der Gehweg stets gekehrt. Im Fenster hängt schon seit dem Verlassen, ein spitz vorstehendes Schild darauf steht: „ a louer", zu vermieten. Ich bin sehr gespannt wer einmal dort einziehen wird. Es muss doch jemandem gefallen. Denn es hat wirklich einen gewissen Charme.

Natürlich drehe ich nicht nur die winzig kleine Pflichtrunde jeden Tag. Ich mache auch längere Spaziergänge in Luxemburg. Es gibt wirklich sehr schöne Wanderwege hier. Ich habe mit meinem, ich nenne ihn mittlerweile überaus gern Lebenspartner, schon recht viele abgelaufen. Wir freuen uns immer wenn wir die blaue Eins finden, die hier sehr gute Wanderwege kennzeichnet. Wir verlaufen uns dennoch regelmäßig, weil wir total gerne, auch schmale Pfade erkunden, die so manches Mal, im Nichts enden. Die Folgen sind meist, von Brombeerranken zerkratzte Beine und schweißnasse Haut. Die Luxemburger Wälder sind herrlich. Ich könnte stundenlang darin umherlaufen und werde es sicherlich noch sehr oft tun. Dabei halte ich stets seine Hand. Wenn ich bei ihm bin könnte ich dies immerzu tun. Es ist mir unerklärlich dass ich noch einmal so einen wundervollen Mann kennenlernen durfte.

Auf dem Rückweg von Luxemburg nach Deutschland pisst es wie aus Eimern. Ich kann mittlerweile nur noch 60 km/h schnell fahren. Ein starker Gewitterregen herrscht über mir. Ich befinde mich ein paar Kilometer vor Koblenz. Das sind noch etwa 120 km bis zu meinem zu Hause. Ich bin letzte Nacht Hals über Kopf nach Luxemburg gefahren, weil ich einfach Sehnsucht hatte. Komischerweise vertrage ich mich mit dem Luxemburger besser, wenn wir zusammen sind, als weit weg voneinander. Er kann sich keine Zukunft mit mir zusammen vorstellen. Möchte nur in einer Fernbeziehung mit mir leben. Weil er das schon seit Jahren so macht. Schade. Er erzählt mir immer wieder, dass er ein Einzelgänger ist und ich ihn nicht verstehen kann. Naja auf jeden Fall bin ich heute Nacht, etwa um 12 Uhr losgefahren. Habe mich einfach mit einem Rucksack und Milo ins Auto gesetzt. Um 3:30 Uhr heute Nacht kam ich an. Die Fahrt lief gut. Kaum Verkehr. Nur ein völlig Bekloppter, heizte mit bestimmt 250 km/h an mir vorbei. Der Idiot hat mich zu Tode erschreckt. Als ich ankam, fuhr ich auf den Parkplatz hinter dem Haus. Ich hatte wirklich ein bisschen Schiss vor seiner Reaktion. Das Beste wäre einfach zu klingeln und abzuwarten. Das tat ich dann auch. Ich klingelte einmal. Ich klingelte zweimal und es passierte nichts. Dann ging ich um das Haus herum, zu seinem Schlafzimmerfenster. Dort klopfe ich zweimal leise. Dann hörte ich seine Stimme, etwas poltern und das Licht ging an. Ich vermutete dass er jetzt zur Haustür kommt und begab mich wieder dorthin, warte eine Weile, doch es passierte wieder nichts. Dann klingelte ich abermals. Einen Augenblick später ging die Tür auf. Klatschnass geschwitzt und wirklich mit erschrockenen Augen stand er da. Ich glaube ich habe ihn wirklich erschreckt. Er sah total geschockt aus. Und da tat es mir unheimlich Leid, diese dumme Entscheidung, mitten in der Nacht zu ihm zu fahren, getroffen zu haben. Doch ich musste ihn einfach sehen. Das war mir sehr wichtig. Wir hatten uns am Telefon gestritten und irgendwie war das so, dass wir kein einziges Wort mehr herausbekamen, was den Streit schlichtete. Es wurde dann alles nur schlimmer. Wenn wir zusammen sind haben wir niemals Streit. Getrennt voneinander telefonieren wir öfters miteinander und schreiben uns Nachrichten. Und dann zanken wir uns ständig. Ich habe keine Ahnung warum. Oder vielleicht doch. Ich glaube es liegt daran, weil wir unser Gegenüber nicht sehen können. Somit sehen wir auch nicht, ob man sich beleidigt hat, ob man einander verletzt hat, oder man etwas gesagt hat, was das Gegenüber sauer macht. Man sieht die Reaktionen nicht, auf das was man sagt. Und so können wir nicht richtig darauf reagieren. Am besten wäre es, wenn wir beide beieinander wohnen würden, doch das wird wohl niemals wahr. Wir haben dennoch einen wunderschönen Tag zusammen verbracht. Die Nacht war zwar grauenvoll, viel zu warm und sehr unruhig. Morgens war es sehr schön kühl. Ich habe dann erstmal wieder, mit meinem Tier meine Runde gedreht. Danach sind wir nach Grevenmacher auf einen Flohmarkt gefahren. Ich habe ein paar tolle Sachen gefunden. Danach mussten wir aber relativ schnell wieder nach Hause. Es war schon wieder glühend heiß. Man fing beinahe an zu schmelzen. Als ich morgens spazieren ging, hatte ich wieder meinen Blick auf der schönen Villa mit den vielen schönen Details. Zum Beispiel hat sie an jedem Fenster weiße Fensterläden. Und darin steht in jedem eine kleine Lampe mit cremefarbenem Lampenschirm. Rosen wachsen in allen Farben am Haus entlang. Nach vorne hin ist eine Mauer gebaut. Die Fugen sind wirklich sehr fein ausgearbeitet. Hinter der Mauer ist eine Art Teppich aus Blumen. Sie klettern teilweise an den schönen Bäumen hinauf und ihre gelben Blüten sehen aus wie kleine Sterne. An den Wegen stehen überall blaue Blumenkübeln. In ihnen wachsen sehr schöne Blumen, die immer ausgetauscht werden, wenn sie nicht mehr so ordentlich aussehen. Ein roter Ahorn mir filigranen Blättern, steht an der Straße. Insgesamt gibt es in dieser Wohngegend wirklich sehr viele Bäume die rote Blätter haben. Das scheint hier unheimlich beliebt zu sein.

Überall hängen Zettel an den Laternen, auf denen eine Katze, als vermisst gemeldet ist. Sie hat ein bekanntes Gesicht. Es ist eine Mieze der Katzenfrau. Ich weiß wie es ist, wenn man ein Tier vermisst. Es tut unwahrscheinlich weh. Man liebt sein Tier. Man fragt sich immer wieder, wo es ist oder wie es ihm geht. Ob das Tier überhaupt noch lebt oder ob es ein neues zu Hause gefunden hat. Eigentlich ist es so, als wäre das Tier das eigene Kind. Man liebt es so, weil es einem so viel gibt. Es verbringt ja unheimlich viel Zeit mit einem selbst. Schenkt einem so viel, vor allem, dass man sich nicht einsam fühlt. Genauso macht Milo das auch. Er mag meine Anwesenheit, genauso wie ich seine schätze. Er schmiegt sich ganz fest an mich, oder legt sich einfach nur auf meinen Bauch. Wandert immer hinter mir her, oder schaut mich einfach nur an, als würde er sich um mich sorgen. Ich muss oft an die Katzenfrau denken. Bestimmt steht sie oft am Fenster und ruft nach ihrem Tier. Sie wird hier sicherlich bei jedem Tierarzt angerufen haben, jedes Tierheim abgeklappert haben, um ihren Freund wiederzufinden.

Mein kleiner Hund hat sich gerade auf meinem Schoß zusammengerollt. Es ist wieder mal 8 Uhr morgens und ich habe gerade in meiner kleinen Küche gefrühstückt. Milo hat noch keinen Hunger. Wahrscheinlich hebt er sich sein Futter für später auf. Jetzt ist ihm das Kuscheln wichtiger.

Besuch in meinem Reich

Heute ist Donnerstag. Am Samstag möchte der Luxemburger mich besuchen. Ich freue mich sehr darauf. Und Milo freut sich sicher auch auf ihn. Manchmal denke ich, dass er ihn mehr liebt als mich. Und manchmal denke ich, dass der kleine Hund genau weiß, dass der Mann gerade mehr Liebe und Zuneigung braucht als ich. Tiere sind so klug. Sie spüren genau wenn es einem nicht so gut geht. Und sie passen sich ihrem Familienmitglied an. Sie sind zufrieden mit dem was man ihnen gibt. Milo zum

Beispiel, ist zufrieden mit kurzen Spaziergängen. Doch wenn ich mit ihm 10 Kilometer laufe, gefällt es ihm genauso gut und er hat Freude daran, so wie ich.

Ich wohne noch nicht lange in meiner Wohnung. Anfang März bin ich hier eingezogen. Ich habe vorher in einem schönen Haus gewohnt, mit einem schönen großen Garten. Milo konnte jederzeit raus und so lange draußen bleiben wie er Lust hatte. Und ich konnte mich in dem Garten ständig aufhalten und mich mit den Pflanzen beschäftigen. Es war so ruhig in dieser Gegend. Und wenn man keine Lust hatte, brauchte man eigentlich gar keinen Kontakt zu jemandem haben. In meiner Wohnung ist das ganz anders. Ich lebe an einer Hauptstraße. Gegenüber ist ein Bäcker. Ein Stückchen nach links einen Metzger, gegenüber eine Apotheke und ein Hausarzt, und ganz unten im Haus ist ein kleiner Laden und ein Café. In der Woche ist das Café bis in die Nacht hinein geöffnet. Trotz Corona Zeiten, hocken die Menschen aufeinander. Ich kann das nicht verstehen. Ich bin von Natur aus eine unheimlich menschenscheue Person. Mit ist sehr oft danach, überhaupt niemandem zu begegnen. Und jetzt kann ich kaum einen Schritt vor die Tür machen, ohne in eine Horde von Menschen zu treten. Ganz oft, würde ich gerne keinen Schritt vor die Tür gehen. Ich möchte niemanden sehen, geschweige denn angesprochen werden. Manchmal sind so viele Leute in dem Café, dass ich nicht mal einen Parkplatz in meiner Straße bekomme. Ich hasse es! Ich wünschte ich könnte wieder hier weg. An einen Ort wo es leise ist. Hier sind nämlich nicht nur die ganze Zeit Stimmen von Menschen zu hören, denn es fahren rund um die Uhr Autos an diesem Haus vorbei. Ein paar hundert Meter weiter, ist eine stark befahrene Bahnstrecke. Keine Ahnung wie viele Züge hier jeden Tag vorbei donnern, doch fünfzig sind es mit Sicherheit. Ich schätze eher noch mehr. Die Wohnung selbst ist wirklich schön. Sie ist groß und hell und hat viele Abstellkammern. Ich habe einen wirklich sehr netten Vermieter der sogar den viel zu oft bellenden, Milo sehr freundlich behandelt und akzeptiert. Von der Seite her kann ich mich gar nicht beschweren. Dennoch belastet es mich sehr, an einem so lauten und bewegten Ort zu leben.

Auch hier stehen Häuser und sind Wohnungen, mit interessanten Menschen, die mit Sicherheit auch interessante Leben haben. Auch hier gehe ich mehrmals am Tag, mit meinem kleinen Hund meine kleinen und großen Runden. Auch hier beobachte ich jeden Tag die Menschen und ziehe meine Schlüsse aus dem, was mir vor die Augen kommt. Es ist noch sehr ländlich hier und in den Ortschaften bewegen sich die Einwohnerzahlen von 250 Bürgern aufwärts. In meinem neuen Wohnort gibt es rund 1500 Einwohner. Es gibt sehr viele kleine Höfe mit Fachwerkbauten, welche jedoch nur noch wenig bewirtschaftet werden. Landwirtschaft gibt es schon noch hier. Viele Felder und Weiden umgeben die kleinen Ortschaften. Immer wieder knattern die schweren Traktoren an mir vorbei, oder man sieht sie auf den Ackerflächen, in der Sonne glänzen.

In der Nähe habe ich einen Bauernhof entdeckt. Die Gebäude sind U-förmig angeordnet und ich möchte wetten, dass hier mal ein reger landwirtschaftlicher Betrieb stattgefunden hat. Nun ist nicht mehr so viel los, auf diesem Hof. Dem Anschein nach, ist ein großer Teil zu Wohnungen umgebaut worden. Es hängen sechs Briefkästen, neben der Eingangstür, an einem Gebäudeteil, der wohl mal die Scheune war. Der geteerte Innenhof ist immer sauber und darin stehen meist ein paar Gartenmöbel. Auf einem der Stühle sitzt, wenn das Wetter es zulässt, ein sehr alter Herr. Neben ihm steht immer sein Rollator. Ich denke er wird die Neunzig schon überschritten haben, denn sein Körper neigt sich in alle Richtungen. Ich nenne ihn Griesgram, weil er immer am Meckern ist, wenn ich an ihm vorüber gehe. Manchmal geht er mit einer jüngeren Frau spazieren. Ich nehme an, sie ist seine Betreuungskraft. Allein darf der Griesgram sicher nicht mehr spazieren gehen. Er würde bestimmt nicht mehr wieder nach Hause kommen. Neben der Frau, scheint er noch ein wenig Haltung zu bewahren. Auch wenn er dabei angestrengt wirkt. Manchmal treffe ich sie auch in dem kleinen Dorfladen. Sie hat oft zwei Einkäufe auf dem Kassenband liegen. Bestimmt macht sie für ihn auch die Besorgungen. In dem Hof stehen oft Autos mit Pferdeanhängern. Der Stall scheint auch an jemanden vermietet zu sein. Es ist noch nicht so lange her, da ging der Mann noch allein, ohne den Rollator, auch seine Runden. Er hatte auch einen Hund. Ein schwarzes Hundemädchen, namens Sandy. Sie war auch schon sehr alt und ging ganz langsam, doch immer sehr interessiert mit ihrem Herrchen ihre Runden. Er erzählte mir, dass sie Krebs hatte und eingeschläfert werden musste. Dabei traten ihm dicke Tränen in die Augen. Ein Griesgram, mit einem weichen Kern. Noch einige Zeit vorher gab es noch die Frau vom Griesgram. Auch sie ist nicht mehr da. Ich denke das Altern ist kein Zuckerschlecken. Je älter du wirst, desto mehr Verluste musst du ertragen. Was hat dieser Mann wohl schon alles mitansehen müssen.

Doch hoffentlich, zu gleichen Teilen wohl auch ansehen dürfen. Freud und Leid stehen oft dicht beieinander.

Das rote Haus am Hang ist rund um die Uhr sehr belebt. Ich glaube ich habe noch keinen Tag erlebt, an dem dort niemand zu sehen war. Es lebt dort eine Familie mit drei Kindern. Sie haben auch ein schwarzes Hundemädchen. Sie hasst kleine Hunde. Milo wurde einmal fast von ihr aufgefressen. Die Frau, die mit dem Hund im Wald unterwegs war, entschuldigte sich wirklich sehr freundlich und erzählte mir, dass ihr Tier, schon immer Probleme gemacht hat, was sehr kleine Hunde betrifft. Wir hatten beide irgendwie Schuld, denn wir hatten beide die Tiere von der Leine gelassen. Es wohnen zwei Mädchen und ein Junge in dem Haus. Und die Eltern. Sie sind beide Ärzte und arbeiten von früh bis spät. Das hat mir einmal eine Nachbarin erzählt. Wenn ich mal eine Mittagsrunde drehe, steht sehr oft ein schwarzer Volkswagen vor der Tür. Das ist der Wagen von der Haushaltshilfe. Ich hab sie schon häufig am Küchenfenster gesehen. Sie kocht immer wenn sie da ist. Wenn das Fenster offen steht, duftet es herrlich nach Knoblauch und frischen Kräutern. Ich wüsste manchmal gern, welcher Nationalität sie angehört. Sie sieht ein wenig so aus, als würde sie aus Südamerika stammen. Dunkle Haare und dunkler Teint, volle Lippen und eine etwas knollige Nase. Ihre Augen sind ebenfalls dunkelbraun und die Brauen voll, fast etwas buschig. Leider hab ich sie noch nie etwas sagen hören. Sie sieht immer aus, als wäre sie mit ihren Gedanken ganz woanders. Ganz weit weg. Vielleicht an einem ganz besonders schönen Ort.

Lockerungen

Zum Glück sind mittlerweile endlich wieder Flohmärkte erlaubt. Natürlich unter Einhaltung der Hygienevorschriften. Mundschutz tragen, Mindestabstand von 1,5 Metern einhalten und es darf nur eine bestimmte Menge an Menschen auf das Gelände. Beim ersten Flohmarkt mussten wir, also der Luxemburger und ich, sogar unsere komplette Adresse mit Telefonnummer aufschreiben. Das zog sich natürlich insgesamt. Es hatte sich eine ziemlich lange Schlange gebildet. Doch das Warten wurde belohnt. Ich liebe Trödel! Wenn man in einem Restaurant essen möchte, muss man ebenfalls die

Adressdaten hinterlassen und auch beim Friseur. Ich persönlich finde das ja gut. Man muss eventuelle Infektionsketten nachverfolgen können. Es passiert immer wieder, dass Leute, die sich mit dem Corona Virus infiziert haben, jedoch noch keine Symptome aufweisen, noch tagelang Menschen anstecken. Sie wissen erst nichts davon. Doch je nachdem, mit wie vielen Leuten sie in Kontakt waren, je mehr könnten jetzt ebenfalls infiziert umherziehen. Ich lebe ja sowieso zurückgezogen. Gehe kaum weg, hasse Feierlichkeiten. Ich mag nicht, wenn Menschen mir zu nahe kommen. Und ich habe überhaupt kein Problem damit, eine Maske zu tragen. Ich ziehe sie einfach an, wie ich mir morgens eine Unterhose anziehe. Nur halt, bevor ich Läden, Arztpraxen, Apotheken, Tankstellen, oder andere Räumlichkeiten betrete. So wie es im Moment sein soll. Es gibt ja auch jetzt eine Corona Warn App. Ich hab sie mir heruntergeladen. Und ich kenne komischerweise nur einen Menschen, der diese App auch auf seinem Handy hat. Der Luxemburger. Was für eine grandiose Ironie. Weil Luxemburg ja jetzt zum zweiten Mal als Risikogebiet eingestuft wurde. Kein einziger Deutscher, den ich kenne traut dieser App. Alle fühlen sich damit beobachtet und deshalb, lehnen sie so etwas ab. Alle zwei Wochen, sagt mir die App, dass ich keine Risikobegegnungen hatte. Doch sie erzählt mir ebenfalls, wie viele Begegnungen ich in diesem Zeitraum hatte, die überprüft wurden, ob sie ein Risiko für mich sind. Also, ob jemand, ein positives Testergebnis in die App eingegeben hat. Dem Anschein nach, bekommt eine positiv getestete Person, einen Code, oder sowas, der in die App eingegeben werden muss. Oder kann, wenn er es denn möchte. Seeehr sinnvoll diese App. Wenn jemand sie nutzen würde. Über 200 Begegnungen werden in den zwei Wochen immer überprüft. Oft zu Zeiten, in denen ich noch nicht mal das Haus verlassen habe. Oder in denen ich sogar noch im Bett bin. Ganz ehrlich, ich glaub den Scheiß 0%.

Mittlerweile gewöhnen sich die Menschen an die Masken. Auch der letzte der sich dagegen gesträubt hat, setzt freiwillig vor jedem Geschäft, der Tankstelle, der Arztpraxis, oder der Autowerkstatt so ein Ding auf. Mir tun nur die Brillenträger leid. Sie laufen mit vernebelten Gläsern, durch die Geschäfte. Die Schulkinder setzen auch brav, bevor sie in den Bus steigen, ihre Masken auf. Es ist seltsam, wie schnell man sich an etwas gewöhnen kann, obwohl man sich nicht vorstellen konnte, diese Schutzmasken täglich zu tragen. Es kommen auch nicht die Leute drumherum, die diese Schutzmaßnahmen, für Hokuspokus halten.

Es gibt viele mutige Menschen, die Verweigerer, sofort in ihre Grenzen weisen. Leute die keine Lust haben andere Menschen zu schützen, werden fast schon verteufelt. Es ist ja auch richtig so. Auch wenn Viren durch die Masken durchschlüpfen können, weil sie ja so winzig sind, wird dennoch, so manches Tröpfchen, das aus Mund und Nase kommt, davon abgehalten, durch die Luft zu fliegen.

Übrigens die Tour de France findet statt. Was ja ziemlich lange auf der Kippe stand. Mittlerweile ist die zweite Woche rum. Wöchentlich werden alle Fahrer und deren Teams getestet. Witziger Weise ist niemand bis jetzt positiv getestet worden. Außer der Veranstalter selbst. Gestern war Montag. Der zweite Ruhetag. Dort wurden wieder alle Fahrer sowie Helfer und Mitarbeiter getestet. Sie sollen sozusagen in einer Blase sein. Keinen Kontakt zur Außenwelt, also außerhalb der Tour de France haben. In Frankreich explodieren mittlerweile wieder die Zahlen der an Covid-19 Infizierten. Alle hoffen, dass die Tour nicht abgebrochen werden muss. Ich verfolge dieses Jahr zum ersten Mal wirklich regelmäßig die Tour de France. Mir ist sie sonst immer nur vor Augen gekommen, oder in die Ohren, durch die aufsehenerregenden Dopingvorfälle. Ich hatte sie zwischendurch auch schon mal Tour de Dope genannt. Jan Ullrich ist bei mir eigentlich fast schon der Oberbegriff, dieser Tour. Mehr wusste ich irgendwie nicht davon. Der Luxemburger verfolgt die Tour de France schon seit Ewigkeiten. Er hat mich etwas angeregt, mir die Sache genauer anzusehen. Ich habe ihn gefragt, ob er glaubt, dass jemand von den Männern dieses Jahr auch wieder gedopt hat. Da sagte er einfach mal: "alle"! Darüber musste ich wirklich sehr lachen. Doch wenn man sieht wie viele Kilometer, durch Berg und Tal, mit wirklich extremen Anstiegen und extremen Geschwindigkeiten, diese Sportler unterwegs sind, glaube ich fast, sie haben übermenschliche Kräfte. So manch einer, der kurz vor dem Ziel noch einen hohen Berg hoch fahren muss, was ja alle tun müssen, um dabei zu bleiben, sieht so gequält und überanstrengt aus, dass ich manchmal denke, er fällt vor der Ziellinie, einfach tot um.

Bunte Blätter

Es wird herbstlich   Mitte September hier in Luxemburg, auch wenn die Temperaturen ganz was anderes sagen. Krähen scharen sich am Himmel und üben akrobatische Flugmanöver aus. In den Wäldern ist der Boden übersät von Eicheln und Bucheckern. Beim Spaziergang rascheln die Blätter an den Füßen. Morgens ist es zwar schon etwas frischer, doch die Sonne schafft es den Tag so zu erwärmen, so dass immer noch Temperaturen von über 30 Grad erreicht werden. Es herrscht eine seltsame Stimmung hier an dem Samstag, so gegen 20 Uhr. Die Sonne ist bereits untergegangen. Es ist so warm, dass man kaum drinnen von draußen unterscheiden kann. In den Gärten   hört man entspannte Stimmen, einige sprechen   Französisch und einige Luxemburgisch. Es riecht nach Grillanzünder und gegrilltem Fleisch und nach Rauch, der wölkchenweise durch die Luft wabert. In der Nähe rattern immer wieder Rollläden herunter. Ich kann jetzt beinahe in jedes Haus schauen weil überall die Lampen angeschaltet werden.

Im Garten des asiatischen Farmers, sind die Beete größtenteils abgeräumt. Die Maispflanzen liegen wie gefällte Bäume auf einem Stapel. Ihre Wurzeln kräuseln sich an der Luft und trocknen ein. Nur noch einige Kürbispflanzen ranken über die Zäune. Ihre Früchte baumeln dickbäuchig hinunter. Ich verstehe kein Wort wenn sich die Besitzer dieses Gartens unterhalten. Die Frau steht mit einem Besen in der Hand auf der Terrasse die wieder mal blitzeblank gekehrt und gewischt ist, der Mann steht einige Meter von ihr entfernt. Das hört sich an als würden sie streiten. Ich erahne es natürlich nur an der Stimmlage. Vielleicht lästern sie auch über jemanden oder sie diskutieren wild über irgendwelche aktuellen Themen. Weiß der Geier.

Jedes der pflastersteinartigen Bauten, ist jetzt mit Leben gefüllt. Ich gehe an der Rückseite der Häuser vorbei. Jedes ist im unteren Bereich mit Licht erfüllt. Acht Uhr ist wohl die Essenszeit hier. Denn fast alle Bewohner sind in der Küche am Tisch versammelt. Nur ein Paar sitzt im Garten und grillt. Sie scheinen es langsamer anzugehen als alle anderen in der Reihe. Denn der Bereich, wo bei anderen der Rollrasen ausgelegt oder der normale Rasen ausgesät wurde, sieht noch so wie Ackerland aus, doch das scheint ihnen egal zu sein. Dicke Kübel mit schönen Blumen stehen am Rand und eine hübsche Sitzgruppe wurde auf dem Pflaster platziert. Es sieht sehr gemütlich aus.

Heute kann ich auch in das versteckte Häuschen sehen. Es ist wirklich bewohnt. In der Küche brennt Licht und eine alte Dame mit lockigen grauen Haaren steht darin und werkelt irgendetwas. Der Rasen wurde jetzt auch mal wieder gemäht und die Sträucher zurückgeschnitten. Vielleicht kommt immer mal ein Gärtner vorbei und schaut nach dem Rechten. Ich denke die Dame wohnt dort ganz allein. Wahrscheinlich leben ihre Angehörigen weit von ihr entfernt, kümmern sich gar nicht um sie oder sie hat überhaupt niemanden, der an ihr interessiert ist.

Der lesende Raucher hat wieder Besuch. Die zwei scheinen diesmal ein ernsteres Thema zu haben. Während sie sich mit etwas anspannten Gesichtern unterhalten, räkelt sich ihr kleiner Hund in der prallen Sonne und er wechselt immer alle paar Minuten seinen Liegeplatz. Doch ihm scheint die Hitze wirklich zu gefallen. Er hat jetzt eine längere Laufleine bekommen, wahrscheinlich weil er sonst immer weggelaufen ist, wenn jemand den Hof betreten hat.

Er hat immer alle angebellt, so dass immer jemand den Hundezwerg zurückholen musste. Anscheinend hört er genauso schlecht wie mein Milo.

In Deutschland herrscht jetzt bereits das dritte Jahr in Folge, eine starke Trockenheit. Viele Bäume haben den Wassermangel nicht überlebt. Besonders die Fichtenbestände sind massenhaft gestorben. Wenn man durch den Wald geht, ragen diese Bäume wie Skelette in den Himmel. Der Boden ist übersät von braunen Nadeln. Die Rinde hat überall Risse bekommen und hängt stellenweise wie abgestorbene Haut von einem faulenden Körper herunter. Überall kommen die schwarz gefleckten Stämme zum Vorschein. Ich glaube, dass keine einzige Fichte in diesem Wald, diese Dürre überleben wird, denn der Borkenkäfer findet den Anblick sterbender Bäume anscheinend überaus köstlich. Er vermehrt sich massenweise und gibt einem Baum nach dem anderen, den Rest. Flächen, in der Größe von Fußballfeldern, übersät von Skeletten dieser Art hab ich in den letzten Jahren leider viel zu oft sehen müssen.

Die Coronazahlen steigen. Mittlerweile infizieren sich fast täglich über zweitausend Menschen, an diesem Virus. Es kommt mir irgendwie so vor, als würde es sich um eine unendliche Geschichte handeln. Wer weiß denn, wie lange wir noch vorsichtig sein müssen, wie lange wir noch in Schlangen vor dem Bäcker warten müssen oder vor der Apotheke, dem Metzger, der Arztpraxis, weil immer nur ganz wenige Leute gleichzeitig das Geschäft betreten dürfen. Wie lange wir auf das Feiern verzichten müssen, wobei es mir persönlich eher recht ist, an keiner teilnehmen zu müssen. Bei Feiern infizieren sich immer wieder unglaublich viele Menschen. Und es wird jetzt sogar davor gewarnt. Das hiesige Gesundheitsamt, sprach in den Nachrichten aus, dass man diese wirklich dringlich verschieben solle, auch wenn es noch nicht verboten ist. In meinem Landkreis steigen die Zahlen auch beinahe sprunghaft. Erst waren die Neuinfektionen einstellig. Doch von dort sind sie gleich auf über zwanzig gesprungen. Ich bin wirklich gespannt, wie schlimm es werden wird. Gestern wurde in den Nachrichten erzählt, dass der amerikanische Präsident Donald Trump und auch seine Frau sich infiziert haben. Heute haben wir den dritten Oktober. In genau einem Monat sind die Wahlen in den Vereinigten Staaten. Und jetzt ist der Präsident im Krankenhaus, auch wenn es ihm nicht sehr schlecht gehen soll, laut den Medien. Unsere Kanzlerin, Frau Merkel, hat vor ein paar Tagen, einen eindringlichen Appell an die Deutschen ausgesprochen. Wir sollten bitte nicht, unsere vor kurzem wiedererlangten Freiheiten aufs Spiel setzen. Wir müssen Geduld, Vernunft und Durchhaltevermögen haben um das Virus in Schach zu halten. Wir müssen die Personen schützen, die besonders gefährdet sind und das sind nach wie vor alte und kranke Leute.

Beim Griesgram hielt vor ein paar Nächten ein Krankenwagen. Er wurde mitgenommen. Ich hab gehört, dass er sich den Fuß gebrochen hat, als er nachts aufs Klo gehen wollte. Vielleicht ist er auf einem Badvorleger ausgerutscht oder auf einer feuchten Stelle auf den Fußbodenfliesen. In seinem hohen Alter soll er noch operiert werden. Ob er das wohl überlebt? Und ob ihn wohl irgendjemand im Krankenhaus besuchen darf, jetzt wo doch die Coronabeschränkungen überall herrschen? Es ist bestimmt schon schlimm genug, dass er aus seiner vertrauten Umgebung gerissen wurde. Wenn er aber seine Familie nicht sehen darf, das wäre bestimmt sehr schlimm für ihn. Es wäre für jeden schlimm, wenn er keinen Besuch bekäme.

Es ist wirklich schon sehr lange her, dass ich einer großen Stadt gewohnt habe. Ich muss vielleicht dreizehn oder vierzehn Jahre alt gewesen sein. Kiel ist ziemlich groß für meine Verhältnisse. Rund 246.800 Einwohner hat die Stadt an der Kieler Förde. Wie eigentlich in jeder Stadt, gibt es dort sehr schöne, sowie sehr hässliche Ecken. Und natürlich etliche Abstufungen davon. Gestern hab ich mit dem Luxemburger, eine kleine Ferienwohnung in Kiel bezogen. Wir bleiben nur ein paar Tage. Sie liegt in der dritten oder vierten Etage. Um uns herum ragen viele dieser Gebäude in die Höhe. Größtenteils scheinen es Altbauten zu sein. Backsteinhäuser in diversen Farben, verputzt, oder auch blank liegend, reich verziert, oder auch sehr schlicht gehalten, sehr schön hergerichtet, oder völlig verkommen. Beim Blick aus dem Wohnzimmerfenster liegt die gegenüber liegende Fassade vielleicht acht bis zehn Meter entfernt. Es ist seltsam mit so vielen Menschen, so dicht beieinander zu wohnen. Und ganz vielen scheint es gar nicht unangenehm zu sein, dass man sie beim Leben beobachten könnte. Sie haben keinerlei Vorhänge oder Jalousien vor den Fenstern, also freie Sicht in viele Zimmer.

Heute ist der 10. Oktober 2020. Die täglichen Neuinfektionen belaufen sich innerhalb Deutschlands, jetzt schon auf 4700 in 24 Stunden und die Zahlen steigen weiter. In vielen Großstädten explodieren die Zahlen förmlich. Die magische Zahl von 50 Neuinfektionen innerhalb von sieben Tagen, auf 100.000 Einwohner gerechnet, wurde schon mehrmals überschritten. Jetzt gibt es nicht mehr nur Länder, außerhalb und innerhalb der EU, die zu den Risikogebieten zählen. Jetzt gibt es sogar Risikogebiete, die innerhalb Deutschlands sind. Großstädte oder Landkreise werden auf Karten in verschiedenen Farben dargestellt. Tiefrot bedeutet, dass die magische 50 überschritten wurde. Ab dieser Zahl droht ein weiterer Lockdown. Oder zumindest krasse Einschränkungen, wie Sperrstunden, Feiern mit geringer Personenzahl, Maskenpflicht in Einkaufszeilen oder Alkoholverbot oder den Ausschank davon, ab einer bestimmten Uhrzeit. Sie diskutieren sogar über ein Beherbergungsverbot. Das soll bedeuten, dass Leute aus Risikogebieten, nicht in Hotels oder Ferienwohnungen etc. untergebracht werden dürfen. Meiner Meinung nach totaler Schwachsinn.

Bergetappe

"Was ist los Bärli? Es ist nicht so kuschelig hier, wenn er nicht da ist gell? Finde ich auch. " Mein süßer Luxemburger ist wieder fort. Er war diesmal 24 Tage bei mir. Das war bisher unser Rekord. Der vorige Rekord stand bei 17 Tagen. Und auch da hat er gedacht, dass es unmöglich wäre. Dennoch hat es sehr gut geklappt. Wir vertragen uns unnormal gut. Kein Streit und wir gehen immer lieb miteinander um. Wir sind immer zärtlich und immer sehr respektvoll. Ich bin so froh ihn kennengelernt zu haben. In ein paar Minuten ist er wohl wieder in Luxemburg angekommen. Die Fahrt dauert immer etwa 3 Stunden.

Am Freitag waren die Zahlen der Neuinfektionen auf über 7800 geklettert. Das ist der absolute Rekord seitdem die Pandemie auch auf Deutschland getroffen ist. Frau Merkel bittet alle Mitbürger eindringlich, wirklich zu Hause zu bleiben. In Urlaub zu fahren und auch Treffen in Gruppen, sowie Feiern mit mehreren Menschen, sollten jetzt wirklich unterlassen werden. Das ist die einzige Möglichkeit, die weitere

Ausbreitung von diesem Virus in den Griff zu bekommen. Sie klang äußerst besorgt.

In Tschechien gilt seit Anfang Oktober der Notstand. Die Zahlen der Neuinfektionen sind beängstigend. Eine nächtliche Ausgangssperre, von 21- 5 Uhr. In diesem Zeitraum, dürfen die Bewohner die Häuser nicht mehr verlassen. Und auch Frankreich verzeichnet schwindelerregende Zahlen. Über 52.000 Neuinfektionen innerhalb von 24 Stunden. Und auch hier gelten Ausgangssperren. Wir haben jetzt den 27.Oktober. In meinem Landkreis ist die Inzidenz auf 189 gestiegen. Wir sind ein Hochrisikogebiet innerhalb Deutschlands. So langsam bin ich wirklich besorgt. Mit wirklich gutem Gewissen, bin ich kaum noch unterwegs. Es ist fast so, als würde ich darauf warten, bis es mich auch irgendwann erwischt. Ich habe mir Wasserstoffperoxid gekauft. Damit hab ich schon so manche fiese Halsentzündung weggegurgelt. Das Zeug ist allerdings nicht ohne. Es kann einem alles verätzen, wenn man es nicht verdünnt. Am besten nicht nachmachen. In Luxemburg sind die Zahlen jetzt auch so hoch wie noch nie. Auch dort sind Ausgangssperren verhängt worden. Mein Luxemburger ist jedoch wieder bei mir. Ich hab ihn einfach abgeholt. Es ging ihm nicht gut, ganz allein in seiner Wohnung. Zudem wollte er sowieso ein paar Tage später wieder zu mir kommen. Und wir haben beschlossen, dass es im Moment nicht so gut ist, wenn ein Wagen mit gelbem Nummernschild, irgendwo in Deutschland herumsteht. Weil Luxemburg ja auch Risikogebiet ist. Es ist schon wirklich traurig, wozu Corona uns treibt. Ich frage mich öfters, was das für ein Blödsinn ist, mit diesen Benennungen. Von wem wohl mehr Gefahr ausgeht. Weiß der Geier.

Es ist jetzt schon um 17 Uhr 30 dunkel. Die vorbeifahrenden Autos werfen weiße Lichtbalken an meine Decke. Der Luxemburger schläft tief und fest in meinen Armen. Sein Kopf liegt auf meiner Brust. Es ist so schön ihn so nah bei mir zu haben. Am liebsten würde ich ihn einfach behalten

Meine Gedanken schwirren zusehends mehr um das Pandemiethema. Montag gibt es jetzt auch in Deutschland wieder einen Lockdown. Er ist zwar deutlich abgeschwächt gegenüber dem Vorigen, jedoch wird auch dieser unserer Wirtschaft nicht wirklich gut tun.

Nach der OP am gebrochenen Fuß, Reha mit 0% Besuch, Kurzzeitpflege als Durchgangslager, jetzt im

Pflegeheim angekommen. So sieht also die Endstation des Lebens aus, die vielleicht 15 Quadratmeter fasst, mit dazugehörigem Bad. Darin steht nicht ein einziges Möbelstück, das der Grisgram sein Eigen nennen kann. Persönliche Dinge, davon ist ihm nur noch seine Kleidung geblieben. Er sitzt auf dem Bett und sein Blick geht sehnsüchtig aus dem Fenster. Da gibt es nichts als Gebäude. Kaum eine Pflanze ist zu entdecken. Sein Blick wandert durch den Raum und bleibt auf dem Bett gegenüber hängen. Darin ruht sein Zimmernachbar, oder besser er wohnt dort. Denn er verlässt diesen Platz gar nicht. Er schnarcht, furzt und stöhnt, doch es kommt niemals ein Wort über seine Lippen. Ein Pflegefall. Wie oft hat er dieses Wort schon benutzt um jemanden zu beschreiben. Hat darüber Witze gemacht und doch hat er diesen Anblick dabei nie vor Augen gehabt. Hier wird wohl auch sein Endlager sein. Wie lange wird es wohl noch dauern, bis er sich selbst zu dem entwickelt was sein Nachbar jetzt ist. Drei Monate? Vielleicht ein Jahr? Hoffentlich geht es dann schnell zu Ende.

Die Präsidentschaftswahlen in Amerika stehen an. In nicht mal mehr einer Woche, soll es soweit sein. Der Präsident Trump hat die Covid-19 Erkrankung dem

Anschein nach gut überstanden. Ich frage mich, ob er sie wirklich hatte. Er scheint jetzt schon sehr siegessicher und nennt seinen Rivalen „Sleepy Joe". Damit will er bestimmt zeigen, dass Biden zu müde und zu schwach ist, um Amerika zu regieren. Doch auch Trump wirkt ziemlich ausgelaugt. So ein Wahlkampf, ist sicher mega anstrengend.

Der Herbst zeigt sich noch einmal von seiner besten Seite: 23 Grad und ein warmer Wind, der die Blätter nur so rieseln lässt. Viel zu warm um eine Jacke zu tragen. Es wird wohl der letzte Tag sein wo es ohne Jacke geht. Letztes Jahr war der letzte schöne Tag im Oktober. Da hatte ich auch ein paar Tage in Luxemburg verbracht. Es waren meine ersten Tage dort. Es fühlte sich noch alles etwas holprig an für mich. Doch da gab es ganz andere Sorgen, als jetzt. Corona war noch nicht ausgebrochen. Noch nicht in Luxemburg und auch noch nicht in Deutschland. Zu der Zeit konnte man noch feiern. Ob es sich um große Hochzeiten, Partys, Konzerte oder große Faschingsumzüge handelte. Nahezu bedenkenlos konnte man daran teilnehmen. Das ist jetzt komplett anders. In Deutschland dürfen nur noch Leute aus zwei verschiedenen Haushalten zusammenkommen.

Gaststätten sind zwar geöffnet, doch man darf sich nicht hinsetzen, sondern das Essen nur noch abholen. „To go" steht überall dran. Sporteinrichtungen, Kosmetikstudios, Tätowierer, Fitnessstudios, Bars und Diskotheken sind dicht. Der Einzelhandel darf offen bleiben. In den Einkaufszeilen besteht Maskenpflicht. Obwohl es mich selbst kaum betrifft, weil ich mich ja eh nicht gern in Menschenmassen tummle, beschert mir der Gedanke daran, großes Unbehagen. Viele Leute brauchen einfach diese großen sozialen Kontakte, um glücklich zu sein. Deutschland hat mittlerweile die 20000 geknackt was Neuinfektionen betrifft. Ich glaube diese Woche werden es 30.000 sein.

Heute ist der 3. November 2020. Die Präsidentschaftswahlen in Amerika finden heute statt. Donald Trump gegen Joe Biden. Es soll dieses Mal eine sehr hohe Wahlbeteiligung geben. Kein Wunder! Jedenfalls aus meiner Sicht. Trump der jetzige Präsident, ist in meinen Augen eine ekelhafte Witzfigur. Doch ein kluges und gut informiertes Köpfchen, sagte mir, vor Corona, wäre er garantiert wieder gewählt worden. Die Versprechen die er dem Volk gemacht hat, hat er nämlich eingehalten.

Mitunter die Steuern und die Arbeitslosigkeit zu senken, so wie eine Mauer zwischen Mexiko und den Vereinigten Staaten zu bauen. Welcher Präsident schafft es, seine Versprechen wirklich einzuhalten? Doch die Kehrseite der Medaille ist, dass er permanent lügt, rassistisch ist, frauenfeindlich und er wechselt seine Gefolgschaft wie seine Unterhosen. Er ist furchtbar respektlos und jeden Tag, an dem man etwas von ihm in den Medien hört, lässt einen erschauern, den Kopf schütteln oder eine Gänsehaut über den Rücken laufen.

Die Wahl scheint ziemlich knapp auszugehen. Bislang liegt Biden um ein paar Punkte vorn. Trump will dagegen vorgehen. Es soll nicht weiter gezählt werden, weil er glaubt, es geht nicht mit rechten Dingen zu. Doch bereits im Vorfeld hat er verlauten lassen dass er der Post finanzielle Mittel nehmen wolle, damit die Bewältigung der Briefwahlen problematisch wird und er wolle den Wahlprozess selbst behindern. Das muss man erstmal verdauen.

Milo hat Husten. Und das in diesen Zeiten. Ein Fünkchen Angst überkommt mich, dass er vielleicht infiziert sein könnte.

Man muss es sich wirklich dreimal überlegen, ob man sich noch traut irgendwo hinzufahren. Man fürchtet sich ganz heimlich, man könnte von der Regierung überwacht werden. Google weiß ja auch ständig, wo man sich herumtreibt. Irgendwie hab ich letztens eine Karte bei Google entdeckt, worauf markiert war, wo ich mich in den letzten Jahren aufgehalten habe. Echt unheimlich. Naja, wenn Google das kann, könnte die Regierung das sicherlich auch. Zumindest mit der Corona Warnapp. Das würde ich mir jedenfalls vorstellen können. Auch wenn man immer wieder sagt, dass die Datenschutzbestimmungen ganz besonders im Vordergrund standen, als man diese App erstellt hat.

Mittlerweile vergeht kaum eine Woche, zwischen dem letzten und dem bevorstehenden Treffen mit dem Luxemburger. Wir mögen kaum noch ohne den anderen sein. Und davon hält uns auch keine Landesgrenze ab. Also habe ich mich wieder in das Risikonachbarland getraut. Die 7 Tagesinzidenz von Luxemburg liegt bei 750. Die Grenzen sind jedoch weiterhin offen und es werden auch keine Kontrollen gemacht. Selbst die Teststation am Markusberg, wurde wieder abgebaut. In Luxemburg hängen große

Schilder über der Straße. „ Denken sie an ihre Schutzmaske!" Schon auf dem Weg in den Ort, indem mein Luxemburger lebt, fällt auf, dass die Parkplätze, von denen die Wanderwege abgehen, völlig überfüllt sind. Ganz anders als sonst. Drei bis vier Wagen, standen da vielleicht. Es ist zwar Samstag, doch die Menge der Autos ist wirklich sonderbar hoch. Wahrscheinlich verbringen die Menschen ihre Freizeit jetzt größtenteils im Freien. Sie treiben Sport oder machen Spaziergänge mit der Familie.

Bei meinem morgendlichen Spaziergang ist es sehr feucht und kalt. Ich wäre am liebsten drinnen geblieben. Doch die Sonne wirft sehr schnell ihre wärmenden Strahlen in meine Richtung und der Himmel befreit sich zusehends vom zähen Nebel, um sein herrlichstes Blau leuchten zu lassen. Der Herbst lässt sowieso ganz besonders viele Farben strahlen. An den mittlerweile blattlosen Sträuchern, leuchten auch die Hagebutten, in ihrem knalligen rot. Und die zahlreichen blauen Perlen der Schlehenbüsche hängen wie Weihnachtskugeln, dicht an dicht. Dazu glitzern Wassertropfen, die der feuchte Nebel dort hinterlassen hat. Wenn man den Blick aufmerksam schweifen lässt, gibt es sehr viel Schönes zu entdecken im Herbst.

In der Siedlung hat auch so mancher seinen Garten und das Haus ein bisschen herbstlich geschmückt. Andere scheinen diese Jahreszeit, einfach zu ertragen. Machen so wie sonst auch weiter.

Die Katzenfrau ist anscheinend noch nicht wach. Die Rollläden ihrer Parterrewohnung sind noch ganz unten. Der große Tiger scheint hungrig auf sie zu lauern. Aufgeplustert, wie ein fettes Huhn, harrt er auf der schmalen Fensterbank aus. Noch ist die Sonne nicht so hoch gestiegen, dass ihre Strahlen es über die gegenüberliegende Häuserreihe schaffen. Ich bin sicher, der Kater wartet genauso sehnsüchtig auf sie, wie auf sein Frauchen.

Das Urnengrab ist von einem Baugerüst umgeben. Die Fassade wird neu gestrichen. Eigentlich kommt es mir so vor, als ob dieses Haus noch keine zwei Jahre dort steht. Naja, der Besitzer wird sich wohl etwas dabei denken. Manche Fenster sind mit Folien abgeklebt. Auch die Gartenmöbel stehen, in Folie eingewickelt, wie riesige Weihnachtspakete im Garten. Die Kuh hat Gesellschaft bekommen. Neben ihr thront ein dicker Kürbis, in seinem satten orange. Mit seinen riesigen

Fenstern, ist das Haus beinahe durchsichtig. Ich frage mich, was für eine Art von Menschen, braucht in seinem Haus, gar keinen Rückzugsort?

Der Telefonist hockt, eingehüllt in seine Jacke, auf dem Boden seines Balkons. Schon beim Anblick, kriecht mir die feuchte Kälte bis auf die Haut. Entweder er plappert schier unaufhörlich in sein Handy, oder er fummelt daran herum. Scheinbar um Nachrichten einzugeben. In seinem Gesicht zeichnen sich die verschiedensten Gesichtsausdrücke ab. Doch nur sein Körper befindet sich auf diesem Balkon. Eigentlich ist er gar nicht da.

Die Villa wird auch für den Herbst herausgeputzt. Die Blumenkästen wurden mit Erika und einer silbrig glänzenden Pflanze bestückt. Dazwischen stecken Zweige mit leuchtend roten Beeren. An der Haustür hängt ein großer Kranz aus Lampionblumen. In dem schönen Orange hat er eine tolle Wirkung. Mir war noch gar nicht aufgefallen, dass die Mauer entlang des Bürgersteiges aus Metall besteht. Durch die hohe Feuchtigkeit rostet sie. Tolle Farben! Zwischen den Bodendeckern hockt eine Frau. Sie zupft das Laub heraus, das vom Baum des Nachbargrundstückes herübergeflattert ist. Sie hat einen dunklen, silbrig durchzogenen Lockenkopf. Ihr Gesicht ist bis über die

Nase hinweg in einem dicken Schal verborgen. Ihre Hände stecken in bunten Handschuhen. Es sieht aus, als wären rote Blumen auf den Stoff gedruckt. Als sie mich vorbeigehen sieht, blicken ihre fast schwarzen Augen ganz freundlich in meine Richtung. Und sie grüßt mich mit einem schwungvollen „ Moien!"

Mittlerweile ist ein Spaziergang im Wald eher laut. Die jetzt haufenweise herumliegenden, trockenen Blätter, rascheln dermaßen an den Füßen, dass man fast froh ist, ein Stück Nadelwald zu betreten. Dort herrscht jetzt eine auffallende Stille und jeder Schritt klingt dumpf und leise. Auch hier sind sehr viele Fichten von dem Waldsterben betroffen. Es kommt mir so vor, als wenn viel mehr Nadeln auf dem Boden liegen, als an den Bäumen jemals dran waren.

Hier in Luxemburg sind, im Gegensatz zu Deutschland, alle Restaurants und Gaststätten geöffnet. Man darf darin sitzen und essen. Es wundert mich etwas. Es ist im Augenblick überhaupt nichts geschlossen. Diesmal hatte ich wirklich ein schlechtes Gewissen herzukommen. Wenn man wieder zurück nach Deutschland reisen möchte, muss man einen negativen Coronatest vorweisen und sich in Quarantäne begeben. Nach fünf Tagen muss abermals ein Test durchgeführt werden. Wenn dieser dann negativ ist, darf man wieder unter die Menschen. Überprüft wird das Ganze natürlich nicht. Das gesamte System ist wohl überlastet. Jedenfalls bin ich davon überzeugt. Allerdings nicht nur in Deutschland, sondern so ziemlich in der ganze Welt. Wer soll dem denn nachgehen? Vor allem, durch unsere Datenschutzbestimmungen, haben wir uns ja selbst gefesselt und geknebelt. Außerdem sind die Gesundheitsämter, die die Bürger in Quarantäne betreuen, vollkommen überlastet. Die Bundeswehr wird jetzt vermehrt dort eingesetzt, damit man wieder Herr der Lage wird. Dieser ganze Wahnsinn läuft komplett aus dem Ruder. Überall.

Schöne und traurige Neuigkeiten

Mein Liebster hat mir unterdessen sein Vorhaben unterbreitet. Er möchte ein Haus in Deutschland kaufen. In meiner Nähe. Ich hab zuerst gedacht, er kann das doch nicht ernst meinen. Er ist jetzt sechzig Jahre alt und ich kann mir nicht so recht vorstellen, dass er sein Land verlassen möchte. Für mich. Für uns. Es rührt mich über alle Maßen. Kann es sein, dass er dasselbe für mich empfindet? Wünscht er sich jetzt doch eine gemeinsame Zukunft? Kann ich ihm vertrauen und mich ebenfalls darüber freuen? Das fällt mir etwas schwer. Ein unendlich schöner Gedanke. Er sagt, er hat sich jetzt dazu entschlossen und dann wird es auch so sein.

Ich war keine vier Tage allein in meiner Wohnung, dann haben wir zwei telefoniert. Vier Stunden lang. Es kam mir überhaupt nicht so lang vor. Immer nach genau zwei Stunden wird das Telefonat wie von Geisterhand beendet. Keine Ahnung woran das liegt. Vielleicht ist das zum Schutz des Anrufers, damit sein Konto nicht irgendwann leergefegt ist. Und es ging meinem Luxemburger wieder ziemlich schlecht. Wir einigten uns darauf, dass ich ihn am nächsten Tag wieder zu mir hole. Es fällt mir sehr schwer davon zu schreiben. Doch mein schöner Luxemburger ist ein Alkoholiker. Er hat alles Mögliche versucht um mir und seinem Umfeld, eine Märchenwelt zu erschaffen. Niemandem von seinem Problem zu erzählen. Doch aus irgendeinem Grund war er bereit aus dieser Welt herauszutreten, Vertrauen zu fassen und allen ihm wichtigen Personen, von seinem Problem zu erzählen.

Er war es leid, bis zum Hals in Lügen zu stecken. Immer achtsam zu sein, die richtigen Worte zu wählen, damit das Lügennetz kein Loch bekommt. Ich bin mächtig stolz auf ihn, weil er damit unglaublich viel Mut bewiesen hat. Natürlich hatte ich auch wegen dieser Neuigkeit große Bedenken, ob er sein Vorhaben, was ein Haus in Deutschland betrifft, wirklich ernst meint. Doch als er wieder bei mir in meiner Wohnung war, hatte er wirkliches Interesse an verschiedenen Häusern in meiner Umgebung gezeigt. Eines haben wir uns bereits zusammen angesehen. Es ist wirklich wunderschön. Bei mir trinkt er absolut nichts. Und aus diesem Grund, glaubt er, dass diese Abhängigkeit vom Alkohol, nicht zu stark sein kann. Ich hoffe, er behält damit Recht.

Jeder mit dem ich spreche, rät mir sehr davon ab mit einem Alkoholiker eine Zukunft aufzubauen, Doch mein Herz sagt mir etwas ganz anderes. Ich möchte diesem Mann vertrauen. Diese Liebe fühlt sich so stark an, sie kann nicht falsch sein.

Coronas Gipfel?

Heute ist der dreizehnte Dezember 2020. Die Länderchefs hatten wieder einmal ein Treffen mit der Kanzlerin. Einen Coronagipfel. Der Grund ist nicht lustig. Deutschland hat, trotz softem Lockdown, fast 30000 Neuinfektionen innerhalb von vierundzwanzig Stunden. Und es sterben täglich etwa 600 Menschen in Zusammenhang mit diesem Virus. Ab Mittwoch ist es wieder soweit. Der zweite harte Lockdown. Erstmal soll er bis zum zehnten Januar andauern. Der Einzelhandel muss wieder schließen. Und das über Weihnachten! Es gibt ein Verbot zum Verkauf von Feuerwerksartikeln (Pyrotechnik). Die Friseure müssen wieder ihre Geschäfte schließen. Nur die lebenswichtigen Artikel dürfen noch angeboten werden. Die Schulen werden grundsätzlich geschlossen. Zum Glück beginnen ja sowieso bald die Weihnachtsferien. Eine Notfallbetreuung für die Kinder soll es jedoch geben. Weihnachtsbesuche sind sehr eingeschränkt. So wenig, wie nur irgendwie möglich. An Sylvester und Neujahr, gilt ein bundesweites Versammlungsverbot.

Dieses Jahr verbringe ich Weihnachten in Luxemburg. Im letzten Jahr war ich erst ab den 27. Dezember hier. Das war eine wirklich sehr schöne Zeit. Und diesmal wird es sicher genauso oder vielleicht sogar noch besser werden. Milo und ich gehen nicht mehr sehr häufig allein spazieren, doch ab und zu, drehen wir noch eine kleine Runde durch das Wohngebiet. Eigentlich finde ich es toll, wenn man Haus und Garten in der dunklen Jahreszeit mit Lichtern schmückt. Doch manche übertreiben es maßlos und das ist in beiden Ländern gleich. Viele Hausbesitzer haben eine hübsche, dezente Beleuchtung angebracht. Jedoch blitzt und blinkt es an einigen Häusern, dass man denken könnte, es handle sich an so einem Gebäude um einen Laserdome. Beim Blick in die Wohnzimmer, kann ich den einen oder anderen Weihnachtsbaum entdecken und auch dort scheiden sich die Geister, was den Geschmack betrifft. Bei einigen könnte man mir, nach einer halben Stunde, einen Holzkeil zwischen die Zähne schieben. Damit ich mir, beim vom Geblinke hervorgerufenen epileptischen Anfall, nicht die Zunge abbeiße. Grauenvoll! Ich habe dieses Jahr großes Glück, dass kein Weihnachtsstress, mein Leben eintrübt. Kein Baum, keine nervigen Besuche bei der Schwiegermutter, kein Kleiderzwang, kein Marathonfressen, mit tagelangem Bauchschmerz und am Ende, mit fünf Kilos mehr auf der Waage. Mein Luxemburger scheint es ebenfalls sehr zu schätzen, dass mir Weihnachtsbräuche komplett am Arsch vorbeigehen. Wir genießen wohl beide den Frieden, den wir gegenseitig ausstrahlen. Lockdown hin oder her, er fällt uns eigentlich überhaupt nicht auf. Die Natur wird uns ja zum Glück, nicht verboten. Auch Milo genießt unsere langen, gemeinsamen Spaziergänge, unsere Kuschelzeit und unser gemeinsames Kochen und Schlemmen besonders. Wir drei sind wie eine kleine Familie zusammengewachsen. Es ist schön, dass wir ganz bald zusammen unter einem Dach leben werden. Der Besitzer des Hauses, das wir uns angesehen haben, hat zugesagt, dass er es uns, oder besser, an meinen Luxemburger, verkaufen möchte.

Ich fühle mich heute irgendwie krank. Mir schmerzen meine Gelenke und Muskeln und auch mein Kopf. Dazu bin ich total schlapp und kann mich kaum auf den Beinen halten. Wenn dann nur sehr kurz. Meine Augen sind sehr lichtempfindlich und meine Nase brennt unnormal stark. Da überkommt mich, auch wenn ich es gern unterbinden würde, der Gedanke, ich könnte mich doch irgendwie oder irgendwo infiziert haben. Und die Sorge, ich könnte andere gefährden. Meinen Luxemburger zum Beispiel. Das fühlt sich obendrauf wirklich nicht gut an. Warum sollte dieser Kelch auch an mir vorübergehen.

Seit ein paar Tagen wird jetzt in der EU geimpft. Viele meckern, weil es noch nicht genug von dem Impfstoff gibt. Eine Impfpflicht gibt es zum Glück nicht. Zuerst werden das Pflegepersonal und die Menschen, die älter sind, gepikst. Ich glaube über achtzig muss man sein. Bestimmt auch, wenn man zu einer sehr gefährdeten Gruppe gehört. Ich selbst, möchte nicht gern geimpft werden. Ich traue dem Zeug nicht. Sicherlich bin ich da nicht die einzige. Die ersten Pannen, mit dem Impfstoff hat es bereits gegeben. Das Mittel wird in Ampullen geliefert. Eine Ampulle reicht wohl für fünf Leute. Da hat doch irgendwer den Menschen, die ganze Pulle verabreicht! Verrückt! Vorsorglich schickte man die Leute ins Krankenhaus. Sie hatten zum Glück nur Erkältungssymptome.

Morgen beginnt das neue Jahr. 2021. Ich hoffe, dass es viele schöne Augenblicke mit sich bringt. Wäre ja schon mal gut, wenn der ganze Corona-Scheißdreck sich wieder verabschieden würde. Der Mist hat uns lange genug beschäftigt, besorgt und auch verängstigt. Das reicht jetzt langsam.

Hier in Luxemburg hat es den ganzen Vormittag geschneit. Doch es taut ganz schnell wieder weg, sodass es überall tropft und plätschert. So wirklich, kann ich die kalte Jahreszeit nicht leiden. So lange dunkel, kalt, nass. Es gibt natürlich auch viele schöne Augenblicke in dieser Jahreshälfte. Ich muss mich jedoch immer wieder überwinden hinauszugehen. Zum Glück wird es jetzt wieder, wenn auch jeden Tag einige Minuten, später dunkel und etwas früher hell. Ich spüre deutlich, wie gut mir das tut.

Immer wenn ich das Land wieder verlassen muss, steigt Wehmut in mir auf. Und Luxemburg macht es mir auch nicht leicht, es hinter mir zu lassen. Wenn ich in den Rückspiegel schaue, leuchtet der Abendhimmel von rosarot bis violett und es kommt mir so vor, als wenn die Sonne mir ein bisschen Wärme mit nach Deutschland geben möchte. Als wüsste sie, dass ich meine Liebe zurücklassen muss und diese Wärme ganz nötig brauchen würde. Beim Überfahren der Grenze, steigen Tränen in mir auf.

Heute ist der 17. Januar und es schneit auch hier in Deutschland. Fast den ganzen Tag fallen zwar wenige, doch immerzu große Flocken vom Himmel. Es fühlt sich widerlich kalt an und ich habe beschlossen, Milo seinen Wintermantel anzuziehen. Er ist überhaupt nicht davon begeistert. Er tut so, als hätte er vier Gipsbeine. Er wälzt sich wie ein kleiner Blödi im Schnee und versucht den Mantel wieder loszuwerden. Überall sind Kinder in Schneehosen unterwegs. Sie holen sich Schnee von den freien Flächen um Schneemänner zu bauen. Ich habe sogar eine ganz lange Schneeraupe in einem Garten entdeckt. Viele Männer sind mit Schneeschiebern in ihren Einfahrten und an den Straßen zugange. Anscheinend ist das Schneeräumen Männersache. Mein Vermieter war heute Morgen auch schon fleißig am Schaufeln. Es sieht wirklich sehr schön aus, wenn ich den Blick aus dem Fenster schweifen lasse. Alles wie unter Watte gepackt. Alle Dächer sind schneeweiß, die Bäume sind wie mit Zuckerguss bedeckt, nur die Straßen schlängeln sich schwarz durch die Landschaft. Das Laufen im Wald ist sehr anstrengend. Ich habe immerzu Schiss mir die Beine zu brechen. Unter dem Schnee befindet sich häufig auch Eis, dadurch rutsche ich bei fast jedem Schritt ein Stück weg. Naja, trotzdem bin ich mit meinem Luxemburger etwa zehn Kilometer gelaufen. Er ist jetzt oft bei mir. Wir verstehen uns die meiste Zeit gut und wir haben viele schöne Momente zusammen. Das mit dem Haus ist jetzt wirklich in trockenen Tüchern. Wir haben sogar schon einen Ofenbauer beauftragt, einen neuen Kaminofen einzubauen und den Alten zu entsorgen. Das könnte Anfang nächsten Monat passieren. Und wir durften auch schon den Hausschlüssel behalten, damit wir alles ausmessen und ein bisschen überlegen können, wie wir es gestalten wollen. Gemessen haben wir auch schon. Es war ein toller Moment, so alleine das Haus betreten zu dürfen. Wir haben uns Kaffee mitgebracht und ein leckeres Frühstück. Es war echt saukalt dort. Doch ich hab davon kaum mehr etwas gespürt, weil ich so aufgeregt war. Milo war auch sehr aufgeregt. Er hat uns ständig angesehen, als wollte er uns sagen: „Können wir jetzt endlich wieder nach Hause?!"

Am 20. Januar wurde jetzt endlich der 46. amerikanische Präsident vereidigt. Joseph Robinette Biden, jr. Ich hoffe, ich muss nur noch selten von Donald Trump in den Medien sehen. Das war echt nicht mehr schön. Eher vollkommen übertrieben und lächerlich, was Trump die letzten Wochen noch alles veranstaltet hat um die Wahl anzufechten. Es ist zu einer Menge Ausschreitungen gekommen. Trumps Anhänger haben das Capitol gestürmt. Dabei sind sogar einige ums Leben gekommen. Die Verrückten haben sich aufgeführt wie die Axt im Walde. Haben Fenster zertrümmert und sind scharenweise eingedrungen. Die Mitarbeiter haben sich teilweise am Boden, hinter den Tischen versteckt, aus lauter Angst. Es wurde die ganze Zeit darüber im Fernsehen und Radio berichtet. Doch sie konnten zum Glück überhaupt nichts ausrichten, was die Vereidigung Bidens betraf. Und das freut mich sehr.

Unsere Nerven liegen blank. Corona mutiert zu ansteckenderen Varianten, der Termin des Kaufvertrages rückt immer näher und uns wird immer mehr klar, dass wir ohne einander am Arsch sind. Horst Seehofer räumt wieder ein, die Grenzen dicht zu machen und jede Grenzüberschreitung lässt mir den Schweiß in Strömen aus den Poren fließen. Man soll eigentlich immer, wenn man aus einem Risikogebiet, wieder nach Deutschland will, einen Wisch aus dem Internet ausfüllen und dann ab in Quarantäne. Da kommt man dann nur wieder raus, wenn man nach fünf Tagen einen negativen Testbefund aufweisen kann. Die haben sie doch nicht alle! Sonderregelungen gibt es zwar für Familien oder Leute, die im Ausland arbeiten, doch dazu gehören wir leider nicht. Und dieser ganze Bürokratenscheiß geht mir sowieso tierisch auf den Sack. An der Grenze ist kein Mensch weit und breit zu sehen, der mich davon abhalten will, immer wieder hinüber zu huschen, also schenke ich mir das Ganze. Ich benehme mich in Luxemburg genau wie in Deutschland. Ich trage meine FFP 2 Maske überall wo ich mit mehreren Menschen zusammenkomme: in Geschäften, an der Tanke, beim Arzt und in der Apotheke. Ansonsten gehe ich normal zur Arbeit, und treffe mich vielleicht mit zwei Personen im Monat, oder knutsche meinen Luxemburger wann immer es mir möglich ist und mir danach ist und davon wird mich wohl auch niemand abhalten können, weil andere ja schließlich auch Lebenspartner haben, mit denen sie das tun. Nebenbei wuchern unsere Locken. Die deutschen Friseure sind immer noch dicht und das wird wohl auch noch eine Weile so bleiben. Die farbenfrohen Ansätze, die mir jeden Tag zwar aus einiger Entfernung begegnen, sind gut zu erkennen. Und auch einige Politiker stehen zu ihrem neuen Look, mal nicht gestylt und frisch gefärbt vor die Leute zu treten. Das macht sie ein bisschen sympathisch. Für mich jedenfalls.

Alkohol und andere Sorgen

Er trinkt, wenn er nicht bei mir ist. Das reißt mir das Herz heraus. Ich weiß, dass es ihm nicht gut geht in dieser Zeit. Und er will auch nur noch weg aus seiner alten Wohnung. Doch es scheint, auch wenn wir rennen, kämpfen und heulen, irgendwie unerreichbar zu sein. In vier Tagen wird der Vertrag unterschrieben. Es ist im Moment alles so furchtbar kompliziert, dass wir uns kaum vorstellen können, dass es glatt laufen könnte. Die Möglichkeit, dass irgendetwas fehlt, jemand mit irgendwas nicht einverstanden ist oder dass Corona, wie auch immer, dazwischenhaut, raubt uns geradezu den Verstand.

Mein Luxemburger setzt glaube ich, sehr viel Hoffnung, in unser gemeinsames Leben. In unsere gemeinsame Zukunft. Und ich tue das auch. Doch es macht ihm, so glaube ich, auch furchtbar Angst. Er ist plötzlich überaus konsequent, was das Ausräumen seiner Wohnung betrifft. Vielleicht möchte er endlich, den Umzug und das ewig lange Alleinsein, hinter sich lassen. Ganz schnell hinter sich bringen und in ein neues, viel schöneres Leben eintauchen. Das will ich auch. Er besitzt eine riesige Sammlung von Eulen. Über 4000 Stück, die ihm wirklich sehr viel bedeuten. Sie bestehen aus den unterschiedlichsten Materialien und sind teilweise sehr kostbar. Beim letzten Besuch, also am letzten Wochenende, begann er mit mir sämtliche Tiere aus den Schränken zu räumen, einzuwickeln und in Umzugskartons zu packen, die wir vorher besorgt hatten. Ich war überaus überrascht, wie ernst ihm diese Aufgabe war. Er wollte sie wirklich alle, in dieser Zeit, in der er sich diesmal in seiner Wohnung aufhält einpacken und so viele, wie in unsere beiden Autos hineinpassen, mitnehmen. Den Rest wird sein bester Freund in ein paar Wochen oder Tagen mitbringen. Er muss nur erstmal seinen Wagen reparieren lassen.

Ich bin jetzt schon seit Sonntagabend wieder zu Hause in Deutschland. Ich ertrage ständig ein Wechselbad der Gefühle. Dieses ständige Switchen, zwischen Nüchternheit und dem Betrunkensein, macht mir furchtbar zu schaffen. Zum Glück fällt es ihm auf, wie sehr es mich niederdrückt und er versucht mich, aus diesen Situationen herauszuhalten. Ich wünsche mir so sehr, dass der Alkohol, niemals, unser schönes Zuhause betritt. Und ich bin so voller Hoffnung, dass unser Schicksal, es unendlich gut mit uns meint. Jetzt sind wir schon so alt geworden und haben so viel Mist erlebt. Ich bin fest davon überzeugt, dass wir für einander eine Familie sein werden, ein Zuhause. Wir werden der Frieden, für den anderen sein, auf den wir schon so lange gewartet haben. Es kann einfach nicht sein, dass das in irgendeiner Form schlimm werden könnte für uns.

Der Grisgram hat es hinter sich. Er verstarb ganz sanft im Schlaf. Ganz allein in einem Pflegeheim. In der Kurzzeitpflege, also in einer Übergangsstation. Ich nehme an, er war es leid, so kontaktlos weiterzumachen. Kaum Besuche, abgeschottet in einem Zimmer, kaum größer als eine Abstellkammer. Kaum Gespräche, die ihm immer so wichtig waren. Kein Kontakt mehr zur Natur, die er doch so sehr geliebt hat. Ich bin fest davon überzeugt, dass Menschen in einen Zustand geraten können, indem sie den Schalter von leben auf tot selbst umlegen können. Ganz ohne Hilfsmittel. Irgendwie ein beruhigender Gedanke. Sein Zuhause blieb nur kurze Zeit unberührt. Recht zeitnah renoviert sein Sohn, der Erbe des ganzen Hofes, seine Wohnung. Ich nehme an, dass auch diese ziemlich schnell vermietet werden soll. Es muss ja Geld reinkommen. Ich sehe immer wieder sein freundliches Gesicht vor mir, mit tiefen Falten, widerspenstig langen Augenbrauen und aus den Ohren wuchernden Haaren, oft vor sich hin meckernd, oft ein verschmitztes Lächeln auf den Lippen. Seine glänzenden Augen haben so viel gesehen. Schön, dass er mir ein bisschen von seinem Leben erzählt hat.

Heute ist der 28. Februar 2021. Der Himmel ist wunderschön blau, doch es ist morgens immer noch ziemlich kalt. Wir haben schon herrlich warme Tage dieses Jahr gehabt. Manchmal bis zu siebzehn Grad. Der Schnee schmolz ziemlich schnell weg und hinterließ nur noch die weißen Ränder, des Streusalzes auf den schwarzen Straßen und viel Wasser in den Flüssen und Bächen. Der Boden ist vielerorts aufgequollen und wirklich matschig. Doch das wird sich bestimmt sehr schnell wieder geben, denn die Sonne ist jetzt schon sehr stark. Sie trocknet alles ab und lässt die Vogelwelt in ihren höchsten Tönen trällern. Sie scheinen es kaum erwarten zu können, ihre Nester zu bauen und einen passenden Partner zu finden.

Trotz des Lockdowns, klettern die Zahlen der Infizierten wieder stätig an. Doch es wird wieder mal nach Lockerungen gebrüllt. Jeden Tag, sieht man, dass im Vergleich zu Vorwoche, wieder mehr Menschen an Corona erkranken. In Tschechien ist die sieben Tages Inzidenz auf über 700 geklettert. Die Grenzen sind dort dicht. Insgesamt schnellen die Zahlen der östlichen EU-Länder sehr in die Höhe. Vor allem sollen die Mutationen dor, sehr häufig sein. Luxemburg hat im Moment Zahlen, die die „200er Grenze" wieder überschritten haben. In Deutschland steht man zwischen 50 und 60.

Der Vertrag ist unterschrieben und das Haus ist bezahlt. Ich lebe jetzt, mit meinem süßen Luxemburger zusammen in seinem Haus. Sein Umzug liegt mehr als zwei Wochen hinter uns. Und wir haben zu etwa 80 Prozent an den richtigen Platz geräumt, zumindest vorläufig. Auch viele meiner Sachen, sind schon in unser neues Zuhause eingezogen. Leider fehlen noch viele Möbel und deshalb ist es nicht so einfach, alles ordentlich wegzuräumen. Meine Nerven waren zwischenzeitlich wieder überaus dünn. Immer wieder kam es bei mir dazu, dass meine Tränen über die Ufer flossen. Naja, ist ja nichts Neues. Es besteht noch ein winziger Krümel Angst, dass ich wieder etwas Dummes tue. Ich folge meinem Herzen, möchte darauf vertrauen was es mir sagt. Doch es könnte dennoch ein Weg sein, der steinig wird.

Milo hat sich schon etwas eingelebt. Er bewacht seinen neuen Garten mit vollem Körpereinsatz. Und er genießt besonders die sonnendurchfluteten Räume und ihre aufgewärmten Böden, die ihn, wie mit einem Magneten magisch anziehen. Leider haben wir noch wenig Zeit gefunden, weitere Wege, in unserem neuen Territorium zu erkunden. Wir waren vom vielen Einrichten so sehr erschöpft, dass wie die meisten Abende, schon vor neun Uhr, schlafend auf dem Sofa verbracht haben. Bald werden wir bestimmt wieder schöne Wanderungen machen. Doch es hat sich wirklich gelohnt. Es ist schon sehr gemütlich bei uns. Ich mag unser neues Zuhause. Und wir vertragen uns immer noch. Ich spüre sehr oft, wie sehr ich ihn liebe, und wie sehr ich seine Nähe genieße.

Impfen, impfen, impfen, heißt die Devise. Es gibt verschiedene Pharmaunternehmen, die Impfstoffe herstellen. Nicht nur ich habe Sorge, dass dieses Zeug, das im Hauruckverfahren hergestellt wurde irgendwelche unentdeckten Nebenwirkungen mit sich bringt. Das schwarze Schaf, scheint der Impfstoff von Astra Zeneca zu sein. Ständig wird im Fernsehen darüber berichtet. Mal soll es nicht gut genug wirken bei Leuten, die älter als 65 Jahre sind, mal soll es Blutgerinnsel hervorrufen, besonders bei jüngeren Menschen und bei Frauen, mal soll er gar nicht mehr verimpft werden und dann plötzlich nur noch an Menschen, die älter sind als 65. Kann man sich mal entscheiden?! Vertrauenswürdig ist das ja nicht gerade. Und es wird in den Medien so richtig schön breitgetreten. Es wird im Moment viel in den Medien, immer und immer wieder durchgekaut. Frau Merkel zum Beispiel, wird auch immer mal wieder ins Visier genommen. Sie scheint am besorgtesten zu sein, vielleicht jedoch auch die Person, die am besten informiert ist, denn ihre Bedenken, Lockerungen gegenüber, sind absolut nicht aus der Luft gegriffen, sondern basieren auf Gesprächen mit Virologen, Intensivmedizinern und vielen anderen Fachleuten. Zuletzt ging es darum, dass bei einer Marathon MPK, die sich bis tief in die Nacht hinein zog, um eine Osterruhe. Man beschloss, dass ab Gründonnerstag alles geschlossen bleiben sollte. Nur die wichtigsten Güter sollten weiterhin verfügbar sein. Nur so, könnte man das Ausmaß der dritten Welle verringern. Doch am nächsten Tag ging es schon los mit der Hetzerei. Das sei viel zu kurzfristig, nicht durchsetzbar, nicht genug durchdacht. Nun wurde die Osterruhe wieder abgeblasen. Obwohl es sicher der richtige Weg gewesen wäre. Und nun war Frau Merkel anscheinend, nicht mehr kompetent genug, wegen des Hin und Her. Sie wurde sogar aufgefordert die Vertrauensfrage zu stellen. Was sie jedoch nicht tat. Sie trat vor die Kamera und bat um Verzeihung. Sie trat bei Anne Will auf, wo ja normalerweise eine Gesprächsrunde stattfindet. Doch sie war mit „Anne" ganz allein und ließ die fiesen Fragen über sich ergehen, antwortete auf jede ruhig und bedacht und für mich hat sie wieder mal gezeigt, dass sie die Richtige ist, die da oben sitzt. Die Corona-Scheißdreck-Pandemie ist saugefährlich und es sollte wirklich mal härter durchgegriffen werden. Doch dann flippen ja wieder einige total aus und haben Schiss um die liebe Demokratie. Eigentlich haben wir ja sogar schon wieder eine neue Pandemie, denn die Virusvariante aus Großbritannien, die bei uns bereits 90% aller Coronainfektionen ausmacht, ist anders: leichter übertragbar und auch für Jüngere gefährlich. Das einzig Gute daran ist, dass die jetzt eingesetzten Impfstoffe auch dagegen helfen. Im Grunde trifft Frau Merkel ja nicht allein die Entscheidungen. Auch bei der letzten MPK nicht. Doch sie muss wohl immer den Kopf hinhalten.

Teste, testen, testen, soll auch helfen, die Ausbreitung des Virus zu verhindern. Oder vielleicht eher zu verringern. Mittlerweile darf ja jeder Deutsche, 1x pro Woche, einen kostenlosen Corona-Schnelltest machen. Das Witzige daran ist, dass da so ziemlich gar nichts schnell geht. Apotheken sollen die Tests durchführen, oder besondere Testzentren. Hausärzte machen es auch. Doch dazu benötigt man Termine. Ich habe im Internet danach gesucht, wo man hier einen Test machen könnte. Ich musste mich wirklich zusammenreißen, nicht in schallendes Lachen auszubrechen. Denn hier im Testzentrum, konnte man Tickets erwerben. Ein Ticket sollte knappe 40€ kosten. Als würde man Konzertkarten kaufen. Unfassbar! Dann habe ich versucht in unserer Apotheke einen Termin zu bekommen. „ Vor Ostern ist schon alles voll! “. Zudem testen sie nur in den Mittagspausen und nach Feierabend und dann natürlich nur an drei Tagen in der Woche. Tjaaa, so sehen Schnelltests heutzutage aus. Okay, wenn man irgendwann an sie herankommt, dauert es nur fünfzehn Minuten bis man das Ergebnis ablesen kann.

Milo meditiert vor dem neuen Ofen. Er liebt diese Wärme sehr. Jetzt ist ja schon der 2. April 2021 und viele Tage sind schon wärmer als 20 Grad. Doch morgens ist es noch sehr frisch hier im Haus. Es wird so herrlich kuschelig, wenn das Feuer im Hintergrund flackert. Milo sitzt wie eine Sphinx davor und lässt sich bestrahlen. Wir haben ihm viele kuschelige Plätzchen eingerichtet, sodass er weitgehend in jedem Zimmer etwas zum einrollen hat. Ich finde, er sieht schlafend so aus, wie ein kleiner Fuchs. Nur der lange buschige Schwanz fehlt.

Jetzt, wo man so neu in einem Ort lebt, gibt es wieder neue Menschen, in anderen Häusern, die andere Geschichten haben, die ich gern beobachte. Doch hier ist mein Radius noch sehr beschränkt. Irgendwie mag ich diese Anonymität. Wir haben eigentlich nur Kontakt zu dem einen direkten Nachbarn, der uns wirklich sehr freundlich und hilfsbereit hier empfangen hat. Wir leben auch in diesem Zuhause sehr zurückgezogen. Ich empfinde es als überaus angenehm, kaum Kontakte zu haben. Das Interessante ist, dass mein Luxemburger, genauso gern seine Ruhe hat. Ein bisschen verstecken wir uns, hinter den Mauern, Zaun und dem Tor. Für mich scheint es beinahe heilend zu wirken. Doch teilweise kommt es mir so vor als würde ich mich, immer etwas mehr, von den Menschen entfernen. Wahrscheinlich das Allerbeste, was man in Coronazeiten machen kann. So wenig Kontakte wie möglich.

Am 13. geht es wieder über die Grenze. Der Luxemburger will in seine Heimat. Es gibt sehr viel, was er zu erledigen hat. Hausarzt, Apotheke, Autoreifen abholen, Post abholen, Freunde und Familie besuchen, Pediküre und saufen. Das wird ein hartes Programm. Ich werde nicht mitkommen. Auch wenn es mir sehr schwer fällt. Er sagte mir, dass er nicht mehr allein in Luxemburg sein darf, weil er sich dort zu Tode säuft. Ich habe Angst um ihn. Und es tut mir weh, ihn in diesem Zustand zu wissen. Es geht ihm dann sehr schlecht, auch wenn er immer wieder behauptet, er findet diesen Zustand toll. Doch hier scheint es ihm recht gut zu gehen. Jedenfalls sieht es für mich so aus. Er findet sogar wieder die Ruhe, stundenlang zu lesen. Er sagte mir, dass er es in Luxemburg nicht mehr kann. Im Gedanken an das Zusammenleben in seinem schönen Haus, hab ich ihn mir immer irgendwo liegend und lesend vorgestellt. Ich glaube, ich liebe besonders die Ruhe die er ausstrahlt.

Ich mache mir auch Sorgen, wenn er in seinem Land ist, weil er in dieser Zeit, wirklich viele Kontakte haben wird. Und er trägt immer sehr ungern eine Maske. Bei Fremden natürlich, aber bei lieben Bekannten lässt er sie eher weg. Ich mache das ja auch so. Doch jetzt komprimiert sich alles, weil er ja nur ein paar Tage in Luxemburg bleibt. Meine Bedenken haben nichts mit Luxemburg und den höheren Inzidenzen zu tun. Hier sind viele Kontakte genauso beschissen. Hoffen wir einfach mal, dass es gut geht.

Morgen ist mein Umzug. Naja, eigentlich wohne ich schon eine Weile hier. Doch viele meiner Sachen sind noch in der alten Wohnung, in Kartons verpackt. Und die meisten meiner Möbel müssen ja auch noch ins Haus gebracht werden. Mir ist ziemlich unwohl im Magen. Ich bin ja nicht so gut in stressigen Situationen. Doch ich habe alles gut vorbereitet. In der letzten Woche habe ich alles verpackt, beschriftet und fast alles geputzt. Vieles hab ich dann auch schon mitgenommen, wie zum Beispiel die Pflanzen. Mein Vermieter war auch in dieser Situation überaus korrekt. Er hat sehr schnell einen neuen Nachmieter gefunden, sodass ich nur noch für den April die Miete bezahlen musste, obwohl ich ihn mit meinem Auszug regelrecht überfallen habe. Den Dauerauftrag habe ich gleich gelöscht. Immer wieder versucht sich Aufregung in mir breit zu machen, doch mein Luxemburger, schafft es dennoch, mit seiner herrlichen Ruhe, die Situation zu entschärfen.

Es ist Ende April. Morgens ist es immer noch saukalt. Doch im Haus wachsen meine selbst ausgesäten Pflanzen, richtig gut. Ich kann es kaum erwarten, dass ich sie in meine ganz neu erworbenen Hochbeete pflanzen kann. Ich bin gespannt ob es bei mir genauso gut funktioniert, wie beim asiatischen Gärtner. Der ist sicherlich auch schon überaus geschäftig, was sein Gemüsegarten betrifft. Ich würde wirklich gerne sehen, was er jetzt so treibt. Ich weiß nicht, wann ich auch wieder einmal nach Luxemburg reisen werde. Vielleicht über Fronleichnam. Jedenfalls haben wir darüber gesprochen. Er hat dann einen Zahnarzttermin. Fronleichnam gibt es wohl nicht in seinem Land. Heute hat mein Luxemburger das erste Mal den Rasen gemäht. Der war in den letzten Tagen so dermaßen in die Höhe geschossen, dass Milo sich fast komplett darin verstecken konnte. Er legt sich jetzt gerne, wenn die Sonne schön warm ist, in den Garten und bewacht dabei, stets mit wachsamen Ohren, sein neues, großes Revier. Der Luxemburger scheint jetzt immer mehr ein bisschen Ruhe zu finden. Er liest wieder. Das hat er, als wir uns kennenlernten auch immer sehr viel getan. Doch er meinte, seine Wohnung, strahlt so viel Negatives aus, dass er kaum fünfzig Seiten am Tag schaffte. Jetzt sind es wieder einige hundert. Es freut mich, dass er runterfahren kann. Und seinen gewissen Ausgleich findet er im Wandern.

Heute ist es sehr stürmisch. Ich schaue aus dem Fenster und die schneeweißen Zweige des Kirschbaumes bewegen sich heftig im Wind. Die

Zweige der Birke sind schon ein wenig Grün und sie werden durch den starken Wind umher gewirbelt. In der Ferne ist der Waldrand zu sehen. Ich glaube es ist der schönste Wald den ich je vor die Augen bekommen habe. Er besteht größtenteils aus Nadelbäumen und überall im Wald sind kleine Bäche und Teiche und plätschert das Wasser. Der Boden dieses Waldes ist viel mit Moos bedeckt und es wachsen dort viele Heidelbeersträucher. Morgen werde ich mit dem Luxemburger wieder eine große Runde durch den Wald laufen. Da freue ich mich schon drauf. Er macht mittlerweile die Gegend unsicher. Es bereitet ihm Freude oftmals über 15 Kilometer durch den Wald und durch die Felder zu wandern. Ihm tun dabei öfters die Knie weh oder besser gesagt eins. Ich glaube es tut ihm viel besser als wie der Schmerz schlimm ist, sonst würde er es wohl nicht tun. Unter dem Dach unseres neuen Zuhauses durfte ich mir eine Werkstatt einrichten. Ich bin ja ein sehr kreativer Mensch. Zudem habe ich auch einen sehr kreativen Beruf gelernt. Ich bin Glasveredlerin. Ich übe den Beruf nicht aus, doch ich liebe ihn als Hobby. Ich habe ein sehr schönes Zimmer in dem jetzt meine Werkstatt ist. Es ist voller Dachschrägen und Dank eines großen Dachfensters, wunderbar hell, sodass ich die Schönheit und die Farben des Glases wenn das Licht hinein fällt, so richtig genießen kann. Manchmal male ich auch. Ob es schön ist weiß ich eigentlich nicht. Und manchmal töpfere ich auch, obwohl noch nie etwas Besonderes dabei rausgekommen ist. Ich nähe und ich stricke, doch auch damit ist wohl kein Blumentopf zu gewinnen, nur vielleicht mit meinen Strümpfen. Es würde mich sehr freuen wenn sich meine Kreativität irgendwann einmal auszahlen würde. Ich glaube das ist ein Wunschtraum von mir. Vielleicht wird es ja mal wahr.

Der blaue Himmel ist mit schnell vorbeiziehenden grauen Wolken bedeckt. Heute sind es höchstens zwölf Grad und der Wind macht es nicht gerade wärmer. Dennoch ist jetzt der Frühling erwacht. Die Blüten des Löwenzahns lassen die Wiesen leuchten. Jeder Strauch oder Busch hat ein zartes Grün aufzuweisen. Die Vögel sind unheimlich geschäftig, sie sausen durch den Garten auf der Jagd nach irgendwelchen Gewürm oder Getier. Ich bin sicher, dass hier viele Vögel brüten. In unserem Garten haben wir einen kleinen Teich. Regelmäßig sehen wir dort ein Amselpärchen, das in dem Wasser ein Bad nimmt. Das sieht wirklich putzig aus.

Neue Mutation

Corona artet immer mehr aus. Eine schlimme Mutation wütet in Indien. In den Nachrichten sprach man von über 300.000 Neuinfektionen am Tag. Die Krankenhäuser müssen die Patienten abweisen, weil sie alle maßlos überfüllt sind. Es gibt kaum Sauerstoff, der so dringend gebraucht wird. Die Menschen ersticken in Rikschas, auf der Straße. Sie scharen sich vor den Gitterzäunen der Kliniken, doch niemand kann ihnen helfen. Furchtbar! Deutschland und die USA haben Indien jetzt Hilfen zugesagt. Sie schicken riesige Tanks voller Sauerstoff in das geplagte Gebiet. Ich hoffe, dass das nicht alles an Hilfe ist, die sie Indien zukommen lassen.

Ich hab jetzt auch immer mehr Angst, wenn ich an diese schlimme Variante denke. Sie soll sogar schon in der Schweiz angekommen sein. Dann wird sie sicherlich auch bald hier bei uns sein. Meine Freundin und ihre ganze Familie sind an Corona erkrankt. Das war etwa vor zwei Wochen. Gestern hat sie Bild von ihrem negativen Test in ihren Status gesetzt. Puuuh, das hat mich sehr erleichtert. Sie erzählte mir, dass sie sehr starke Kopfschmerzen hatte und sehr müde war. Bei ihr war der Verlauf, zum Glück, recht harmlos. Die Familie ihres Exmannes, also dessen Frau und der Vater, wurden ins Krankenhaus eingeliefert. Obwohl sie keinen Kontakt hatten mit meiner Freundin hatten, hat es sie er dennoch erwischt. Das sagt mir, dass sich dieser Mist jetzt wirklich ausbreitet. Ich hab solche Angst, dass mein Luxemburger erkrankt. Er denkt zwar, er würde kaum etwas davon merken, doch ich glaube, auch wenn ich sehr etwas anderes hoffe, dass es ihm dann sehr schlecht gehen wird. Nicht umsonst hat man Menschen mit Vorerkrankungen, in die Liste der gefährdeten Personengruppen hineingenommen. Er hat ja Diabetes.

Er hat sich nicht infiziert. Obwohl er, als er wieder in unserem neuen Zuhause ankam, so etwas wie Grippesymptome aufwies. Ich glaube, er hatte wirklich sehr viel Stress in Luxemburg. Es gab eine ellenlange Liste von Erledigungen, die er sich vorgenommen hatte und auch abgearbeitet hat. Zudem war er natürlich nicht gut zu sich, in seiner alten Wohnung. Es waren sicherlich Tage, wo der Alkohol in Strömen floss. Doch er ist wieder bei mir. Und das ist das Wichtigste. Ich kann mich um ihn kümmern und er ist nicht mehr allein. Und ich auch nicht. Die Grenze hat er wieder unbemerkt überqueren können. Keine Kontrollen. Jedenfalls wurden bei ihm keine durchgeführt. Immer noch gilt ja, dass man sich mindestens fünf Tage in Quarantäne begeben muss, Tests machen muss und sich auf jeden Fall, beim Gesundheitsamt melden muss. Doch wo kein Kläger ist, da ist auch kein Richter. Er hat auch keine Lust einen Test über sich ergehen zu lassen. Ich hatte wirklich etwas Muffensausen, als er so kränkelnd und frierend, mit der Bettdecke bis über die Nase gezogen, auf dem Sofa lag. Gedanken wie, hat es ihn jetzt doch erwischt, fraßen sich kriechend, in mich hinein. Ich sorgte mich, ob ich jetzt vielleicht ein Überträger sein könnte. Und weil ich ja arbeite und dort immer wieder mit Leuten zusammentreffe, wollte ich lieber kein Risiko eingehen. Also startete ich jetzt mal den nächsten Versuch, einen Schnelltest zu machen. Die ganz neu eingerichteten Schnelltestcenter machen ihrem Namen jetzt wirklich alle Ehre. Es hat keine fünf Minuten gedauert, vom Betreten des Gebäudes, bis zum Verlassen. Natürlich musste ich dennoch fünfzehn Minuten auf mein Testergebnis warten, doch das war ja von Vornherein klar. Das Nasepopeln ist ja nicht wirklich angenehm. Es beißt wirklich fies, ganz ganz oben in der Nase. Und dann muss man das auch noch fünf Sekunden aushalten, bis das Stäbchen wieder das Tageslicht erreicht. Ich habe einen Niesreiz von mindestens einer halben Stunde behalten. Pfui Teufel. Unter Angaben von meinem Namen, meiner aktuellen Adresse und Telefonnummer und zum Abgleich meines Persos, fand ich, war dieser Test echt nicht sehr schlimm und recht unkompliziert. Er war, Gott sei Dank, negativ. Auch der Nächste, genau eine Woche später blieb negativ. Ich bin sehr froh, dass man sich jetzt regelmäßig checken lassen kann. Und dass es nichts kostet, finde ich doppelt so gut.

Im roten Haus am Hang, ist jetzt französischer Besuch eingetroffen. Ein Austauschschüler. Nach monatelangem Homeschooling, hat das Ärztepaar wohl gedacht, dass es von Nachteil ist, wenn ihr Söhnchen ständig allein herumdümpelt. Die zwei großen Schwestern, studieren seit einer ganzen Weile in anderen Städten, sodass der Junge, er mag etwa 16 oder 17 Jahre alt sein, tagsüber ganz allein ist. Nur die Haushaltshilfe kommt immer noch dreimal in der Woche. Vor Corona, sah man die Frau öfters mit den Kindern zusammen am Tisch sitzen. Sie aßen gemeinsam und unterhielten sich angeregt. Oft mit lachenden Gesichtern. Jetzt sieht man die Frau stets allein durch die Zimmer ziehen immer einen Stöpsel ihres Headsets im Ohr. Wahrscheinlich vertreibt sie sich damit die Einsamkeit, die sich an ihrer Arbeitsstelle in ihr Leben geschlichen hat. Seltsam, was das „Abstand halten" so mit sich bringt. Der Junge ist jetzt immer mit dem Franzosen zusammen. Es sieht so aus, als würden sich die beiden richtig gut verstehen. Sie lernen und lachen miteinander. Und man sieht ihre Augen strahlen. Ein kleines Glück in dieser seltsamen Zeit.

Die Kanzlerin hat jetzt Nägel mit Köpfen gemacht. Naja, vielleicht so was Ähnliches wie Heftzwecken. Jetzt kann nicht mehr jedes Bundesland, Entscheidungen nach eigenem Ermessen treffen, was die Coronabeschränkungen betrifft. Das war ja auch haarsträubend. Da konnte man echt nicht mehr durchblicken. Und weil die Lage der Pandemie wirklich uns alle sehr gefährdet, mussten endlich einheitliche Regelungen getroffen werden, um diesem Scheißdreck endlich Paroli zu bieten. Ich hoffe, dass es jetzt wirklich mal etwas bringt. Auch wenn unsere 7-Tages-Inzidenz, hier in Deutschland, zwar langsam, jedoch stetig ansteigt. Sie liegt jetzt bei etwas mehr als 160. Luxemburg hat eine Inzidenz von 201. Auch hier werden die Stimmen der Ärzte und des

Pflegepersonals immer lauter. Es sei nicht mehr viel Luft nach oben übrig.

Heute ist der Tag der Arbeit. Also 1. Mai. Blöderweise ist er auf einen Samstag gefallen. Hier bei uns ist es normalerweise Brauch, dass man an diesem Tag auf Wanderschaft geht. Zumindest die Jugend. Mit Bollerwagen, Rucksäcken und jede Menge Alkohol im Gepäck. Sie wandern nur ein paar Kilometer und an jeder Kreuzung wird geschluckt. Tage danach sind die Wege dann noch mit Müll gepflastert. Größtenteils besteht er aus Dosen und Flaschen. Bei den Wanderungen bleiben oft Mädels auf der Strecke. Oder diejenigen, die sich als nicht so trinkfest erweisen. So manch einer irrt zurückgelassen und blau wie tausend Russen durch die Felder, oder liegt am Wegesrand. Beim Autofahren muss man höllisch aufpassen, dass man niemanden über den Haufen fährt. Die Gruppen pilgern meist zu nahe gelegenen Plätzen an denen alljährlich einige Bierpilze und Bratwurststände ihre Waren preisgeben. Sicher ist das ein recht lukratives Geschäft. Am frühen Nachmittag trudeln die Taumelnden so langsam wieder gen Heimat, wo sie völlig verdreckt in ihre Betten kippen und dort in einen komatösen Schlaf fallen. So war das, bis Corona kam. Letztes Jahr war diese Sause schon deutlich abgeschwächter, weil die Kontaktbeschränkungen kamen. Dieses Jahr fällt dieser Zauber komplett aus. Man darf sich ja kaum noch treffen. Sicher, manche lassen sich so etwas nicht verbieten. Sie tun es heimlich. Doch da muss man schon mit einem Anschiss rechnen. Es gibt vermehrt Leute, die sich mittlerweile als Sheriffs aufspielen. Sie schwärzen Zusammenkünfte an. Sowas ist im Moment verboten und kann sogar mit einer Geldstrafe ausgehen.

Die einzigen massenhaften Zusammenkünfte sind Demonstrationen. Gegner der Coronabestimmungen rotten sich zusammen. Viele dubiose Gruppierungen finden neuerdings zueinander. Dabei bereiten mir besonders die Rechtsradikalen große Sorgen. Sie scheinen irgendwie gegen alles zu sein, was sinnvoll ist. Viele Demonstranten rennen in Massen durch die Städte. Oftmals ohne Mundschutz und auch vom Mindestabstand ist nichts zu sehen. Die Polizei scheint recht machtlos zu sein.

Vor ein paar Tagen ist mir aufgefallen, dass es wirklich Menschen in meinem Umfeld gibt, die ich noch niemals „ohne" gesehen habe, also ohne Mundschutz. Ich weiß gar nicht, wie ihr Gesicht aussieht. Das ist echt traurig. Es gibt im Moment sehr viele Sachen, die man mittlerweile als normal ansieht. Man geht nie ohne Einkaufswagen in ein Lebensmittelgeschäft oder in den Baumarkt. Man wartet draußen, wenn noch ein Kunde an der Bäckertheke steht oder an der Metzgertheke. Auch geht man nur in die Apotheke, wenn niemand sonst mehr drinnen ist. Außer natürlich das Personal. Man gibt sich nicht mehr die Hand. Und man umarmt sich nur ganz selten. Man desinfiziert sich die Hände, wenn man wieder in sein Auto steigt. Man geht so selten wie möglich zum Einkaufen. Wir zum Beispiel, gehen wirklich nur alle drei Wochen einkaufen. Wir planen richtig, was wir in der Zeit alles kochen wollen. Ich hatte nie zuvor, einen so vollen Kühlschrank.

Jetzt wo darüber diskutiert wird, welche Freiheiten ein Geimpfter erlangen kann, wurde entdeckt, dass es schon Impfpassfälscher gibt. Das hab ich vorhin im Radio gehört. Man soll mit dem vollen Impfschutz wieder ins Restaurant gehen dürfen, den Flieger gen Urlaub nehmen können, ohne Komplikationen einkaufen dürfen oder ins Kino gehen. Wer wünscht sich das nicht? Doch leider haben immer noch viele Menschen Bedenken, sich den, noch nicht wirklich ausgereiften Impfstoff in den Leib spritzen zu lassen. Auch ich. Doch ich mach es. Wenn ich denn irgendwann an die Reihe komme. Mit 44 und ohne Vorerkrankungen ist man eigentlich noch nicht dran. Aber ab Anfang Juni, soll die Priorisierung aufgehoben werden. Die Hausärzte und auch die Impfzentren können dann die impfen die geimpft werden möchten. Es ist jetzt Mitte Mai, also ist es nicht mehr so lange bis dahin. Mein Luxemburger hat die Impfung jetzt zum Glück schon hinter sich. Er hat sie gut vertragen. Er bekam den Impfstoff von Johnson&Johnson. Er war nur ein bisschen müder als sonst. Alles andere war wie immer.

Neue Nachbarn

Gegenüber von uns waren zwei kleine Höfe nebeneinander zu verkaufen. Zwei junge Männer haben diese vor kurzem erworben. Die beiden sind Brüder und beide knapp 25 Jahre alt. Sie müssen ein tolles Verhältnis zueinander haben, wenn sie so nah beieinander leben mögen. Sie scheinen sich gegenseitig fast jeden Tag zu helfen. Oder sie verbringen auch sehr gerne ihre Freizeit miteinander. Jeden Tag, wenn sie von der Arbeit kommen und das ist etwa zur selben Uhrzeit, gehen sie in eins der Häuser und erst in der Dämmerung kommt der junge Mann des anderen Hauses wieder raus. Und er steckt immer noch in seiner Arbeitskleidung. Der eine ist immer komplett schwarz verschmiert. Sogar im Gesicht. Und der andere ist weiß verstaubt. Sie sind wohl beide in einem Handwerk tätig. Die Häuser sind schon etwas mehr renovierungsbedürftig, also müssen sie sich schon einiges zutrauen, was diese Arbeiten betrifft. Oder sie haben finanzielle Rücklagen. Die Höfe verfügen über ein Wohnhaus, dessen Front genau mit dem Gehweg abschließt und eine querstehende Scheune, wovor sich eine breite Auffahrt befindet, auf der zwei PKW nebeneinander parken können. Hinter den Scheunen sollen auch noch kleine Gärten sein. Gerade ausreichend für eine kleine Familie. Einer von ihnen hat einen kleinen Sohn. Er mag vielleicht drei Jahre alt zu sein. Doch er lebt nicht immer bei ihm. Jedes zweite Wochenende kommt der Zwerg zu Besuch. Ein wirklich goldiges Kerlchen. Beide unserer neuen Nachbarn, haben eine Freundin. Sehr hübsche Dinger. Und auch diese sind beide sehr fleißig, denn sie packen richtig hart mit an. Mal schaufeln sie Sand von einem Hänger oder sie räumen Pflastersteine in Schubkarren oder schleppen sonst irgendetwas in der Gegend herum. Alle vier sehen zusammen aus, wie ein gutes Team. Ich bin wirklich gespannt, wie sich das Quartett entwickelt.

Pfingsten steht vor der Tür. Eigentlich wollten wir ja endlich mal wieder zusammen nach Luxemburg fahren. Ich hab mich sehr darauf gefreut wieder einmal dort die schönen Wälder zu durchstreifen und auch mal wieder auf einen Flohmarkt zu gehen. In Deutschland ist das schon seit letztem Jahr ausgeschlossen. Alles abgesagt. In Luxemburg ist es schon seit ein paar Monaten wieder erlaubt, Flohmärkte zu veranstalten. Natürlich unter bestimmten Voraussetzungen. Aber dennoch erlaubt. Doch leider ist das Wetter immer noch ziemlich beschissen. Ständig starke Regenschauer, Sturm und immer noch ziemliche Kälte. Es nervt mich tierisch, dass das Wetter immer noch nicht beständig ist. 80%ige Regenwahrscheinlichkeit. Da bringt keine Wanderung und auch kein Flohmarktbesuch irgendetwas. Mist! Ach was solls, wir werden uns schon beschäftigen können. Ich bin wirklich sehr gerne mit meinem süßen Luxemburger in dem wunderschönen neuen Zuhause. Seine Gesellschaft macht mich überaus glücklich und vielleicht ist es umgekehrt genauso. Heute haben wir wieder einmal einen gemeinsamen Spaziergang in dem herrlichen

Wald gemacht, der sich über unheimlich viele Kilometer ganz nah an unserem Wohnort erstreckt. Milo trottet immer noch sehr gerne mit uns mit. Jedenfalls sieht es danach aus. Er hat dieses Jahr schon einige Zeckenangriffe überlebt. Oder zumindest die Entfernung dieser lästigen Parasiten. Für ihn ist es ziemlich schlimm, wenn wir mit der Zeckenzange kommen. Es sieht aus, als würde er dann um sein Leben bangen, denn er fletscht seine Zähne, knurrt und schnappt nach uns. Leider müssen wir immer einen Maulkorb benutzen um ihm so ein Viech aus dem Pelz zu operieren. Zum Glück dauert es nur ein paar Sekunden und sein kleines Mäulchen kann wieder seine uneingeschränkte Freiheit genießen. Danach hält Milo jedoch eine Zeit lang etwas Sicherheitsabstand. Es könnte ja sein, dass wir noch mal auf die Idee kommen ihm das komische Maulsperrending anzuschnallen.

Die Inzidenzen gehen zusehends nach unten. Sogar Luxemburg wird wohl zu Pfingsten unter 100 fallen. Deutschland liegt etwa bei 80. Die Kinder dürfen ja jetzt teilweise wieder in den Präsensunterricht gehen. Seit November letzten Jahres war sowas nicht mehr erlaubt. Zumindest hier in diesem Bundesland.

Im roten Haus am Hang sieht man den Jungen, immer den Franzosen im Schlepptau, mehrmals in der Woche sein Fahrrad besteigen. Auch der Austauschschüler schwingt sich auf einen Drahtesel. Ganz am frühen Morgen, so etwa um halb acht, machen sich die beiden auf den Weg in die Schule. Auch für den Franzosen gab es in den letzten Monaten nur Homeschooling. Das fing auch für ihn schon in Frankreich an. Es tut ihnen sicherlich gut mal wieder ein paar andere Gesichter zu sehen. Wenn ich daran denke, was ich in ihrem Alter so alles mit meinen Freunden getrieben habe, dann kann ich mir wirklich nicht vorstellen, dass mir irgendjemand den Umgang mit ihnen, hätte verbieten können. Zudem war ich in dem Alter schon am Arbeiten. Aber egal, meine Freunde waren mir da unheimlich wichtig.

Die 7-Tagesinzidenz von Deutschland liegt jetzt weit unter 100. Das einzige Bundesland, welches noch darüber liegt ist Thüringen. Und das auch nur knapp. Luxemburg ist heute auch unter die 100 gerutscht. Doch es ist erst dann kein Risikogebiet mehr, wenn es eine Weile unter 50 ist. Jetzt zu Pfingsten, ist vieles wieder geöffnet worden. In Bundesländern, wo die Inzidenz einige Tage unter 50 liegt, ist sowas wieder möglich. Ich sehe das immer noch sehr mit gemischten

Gefühlen. Es fahren immer mehr Leute in Urlaub. Ich hoffe nicht, dass wieder so viele Reiserückkehrer ein Virus im Gepäck haben. Und natürlich hoffe ich noch mehr, dass es keine Mutationen sind. England wurde jetzt als Hochrisikogebiet eingestuft. Oder besser als Virusvariantengebiet. Ich glaube wenn das so weiter geht, brauchen wir einen Coronaduden, bei den vielen Worten, die sich mit dieser Krankheit eingeschlichen haben. Einreisen von Großbritannien nach Deutschland werden ab jetzt drastisch beschränkt. Und wenn man von dort hierhergekommen ist, muss man für zwei Wochen in Quarantäne. Auch ein negativer Test kann diese Zeit nicht verkürzen. Unser Gesundheitsminister ist sehr besorgt, was diese indische Variante betrifft. In Deutschland gibt es bereits 26 bestätigte Infektionen damit. Jetzt wo viele Kontaktbeschränkungen wieder gelockert werden, könnte sich die viel ansteckendere Mutation ziemlich leicht ausbreiten. Ich selbst kann mir nicht vorstellen, so schnell wieder in Menschenmengen zu gehen. Ich habe da einfach Schiss. Nur gut, dass mein Luxemburger geimpft ist. Das beruhigt mich etwas. Doch ob dieser Impfschutz auch gegen diese Mutationen sicher hilft, wissen wir nicht.

Meine süße Leseratte hat wieder seine Nase, tief in ein Buch gesteckt. Ich liebe es einfach, wenn er so herrlich ruhig und total vertieft ist. Ich glaube in solchen Momenten, denkt er überhaupt nicht an den Alkohol. Die Sonne scheint so herrlich zum Fenster hinein. Sie lässt den Raum erstrahlen und alles, was sich darin befindet, in den schönsten Farben leuchten. Ich lebe in einem so schönen Zuhause. Mit einem so lieben Menschen. Wer hätte das gedacht.

Mein altes Leben

Kurz nach dem Ausbruch von Corona bin ich aus meinem Haus ausgezogen. Ich lebte schon mal in einem, mit einem anderen Mann. Dem Vater meiner wundervollen Kinder. Doch ich musste da raus. Ich war schon sehr lange, sehr unglücklich dort. Ich bin bald seit 25 Jahren verheiratet. Im Januar 2020 habe ich die Scheidung eingereicht. Doch die Gerichtsverhandlung ist, wahrscheinlich auch Corona bedingt, noch nicht in Sicht. Und das belastet mich sehr. Ich möchte, dass dieses Kapitel hinter mir liegt, damit ich mich vollständig auf das Neue einlassen kann. Auf ein ruhiges und stressfreies Kapitel, indem ich gut bin, so wie ich eben bin.

Er hat so eine wunderschöne warme Haut. Und ich darf sie so oft berühren, wie mir danach ist. Er schenkt mir so viel Wärme und Nähe, wie ich es brauche. Ich habe endlich das Gefühl, dass meine Akkus die Chance bekommen, sich aufzuladen. Jeden Tag gibt es eine Zeit, in der wir eng umschlungen einschlafen. Und das tut mir so gut. Ich kann kaum beschreiben wie sehr gut mir das tut. Wenn ich an mein Headset denke, das mir immer sagt, wenn es leer wird, muss ich auch immer ein bisschen an mein Leben und an meine Ehe denken. Es sagte dann immer nach ein paar Sekunden „low batterie". Und das war wirklich ganz kurz bevor es seinen Betrieb komplett eingestellt hat und ausging. Diesen Zustand habe ich Jahre lang erlebt. Viel zu lange.

Ich weiß nicht, warum mich dieser Scheidungskram so umhaut. Es überfordert mich über alle Maßen. Und es zieht sich hin, auch wegen der Corona Krise. Mir wurde jetzt ein Schreiben zugesandt, in dem erklärt wurde, warum es so lange dauert. Man kann die Scheidung beschleunigen, wenn man einiges schriftlich zusendet. Persönliche Beratungstermine werden nicht gerne gesehen. Und am Telefon verstehe ich nur die

Hälfte. Dieses ganze Durcheinander verunsichert mich immer mehr und ich wünschte, dass dieser Mist endlich hinter mir liegt. Möchte einen Strich unter die Sache ziehen. Ich hoffe, dass es wie eine Befreiung sein wird. Fast 25 Jahre habe ich zwar gut versorgt gelebt, dennoch kam es mir wie eine Wüste vor. Meine Mutter würde sagen: "nur Arbeit war sein Leben". Und so war es auch. Er gönnte sich keinen Augenblick, und wenn, dann nur mit schlechtem Gewissen, indem er wirklich spüren ließ, dass er mich liebt. Manche sagten mir und sagen mir immer wieder, dass er es nicht anders zeigen konnte. Indem er mich mit allem Materiellen versorgt hat, was man sich wünschen konnte. Nur an Nähe und Liebe, kann ich mich kaum erinnern. Ich bin fast erfroren in dieser Ehe. Wenn diese Altlast endlich von mir weichen würde, könnte ich wieder einen klaren Blick bekommen und befreit nach vorne schauen.

Mein Luxemburger schenkt mir jeden Tag Liebe. Er schenkt mir Wärme. Und er tröstet mich wenn es mir nicht gut geht. Hält mich fest in seinen Armen. Er wird mir dabei helfen, mich von den letzten Jahren zu erholen und mich stärken, sodass ich wieder ein eigenes Rückgrat entwickeln kann.

Es ist schon Ende Mai und es ist immer noch kalt. Es hat tagelang geregnet und gestürmt. Nur der Frost ist endlich weg. Ich freue mich darauf endlich in kurzärmliger Kleidung durch die Gegend zu laufen. Es soll endlich Sonne auf meine Haut kommen, sie endlich wärmen und bräunen. Ich möchte auf der Terrasse sitzen und barfuß durch den Rasen gehen. Ich möchte in kurzer Hose und Top zur Arbeit gehen, ohne noch eine Jacke überziehen zu müssen. Das wird bald der Fall sein, da bin ich mir ganz sicher.

Unsere Inzidenzen liegen hier in unserem Landkreis, sowie in ganz Deutschland, unter 20. Können wir endlich aufatmen? Wenn ich die Zeitung aufschlage, hüpfen mir etliche, außerordentlich hervorgehobene Wiedereröffnungen mit speziellen Angeboten ins Gesicht. Das Schwimmbad ist wieder geöffnet. Kinder und Jugendliche haben freien Eintritt. Das Freilichtkino ist wieder offen. Man darf dort, wenn man seinen Platz eingenommen hat, sogar die Maske abnehmen. Die Innengastronomie darf unter Bedingungen ihre Türen wieder öffnen. Die Leute trauen sich wieder raus. Und wenn man sich trifft, ist die Frage, die immer vorkommt, „bist du schon geimpft?". Die Impfpriorisierung ist aufgehoben. Ich habe mich bei meinem Hausarzt, auf die „Liste" setzen lassen. Sie haben mir dort jedoch gleich dazu geraten, mich auch bei einem Impfzentrum anzumelden, denn in den Arztpraxen ist noch nicht genug Impfstoff eingetroffen. Ich hoffe ja immer noch, dass ich um diesen Impfdreck drumherum komme. Vielleicht hatte ich diese Krankheit ja auch schon und hab gar nicht viel davon gemerkt. Sowas soll schon manchmal vorgekommen sein, dass die Leute kaum Symptome hatten. Ein Antikörpertest könnte mir da Klarheit verschaffen. Ich muss mich mal schlau machen, wer sowas macht und anbietet. Genesene, Geimpfte und negativ getestete werden ja ziemlich gleich behandelt. Mal sehen.

Mein Luxemburger hat noch nie einen Test gemacht. Doch sein Land sorgt dafür, dass jeder seiner Bürger, mit kostenlosen Tests versorgt ist. Immer wieder flattern Briefe vom Gesundheitsministerium ins Haus, dass er sich 20er Packs Antigentests aus der Apotheke oder aus dem Impfzentrum abholen kann. Ab und zu, wenn er wieder mal über die Grenze gesprungen ist, bringt er mir welche mit. Dann kann ich Nasepopeln für die Sicherheit. Ein wahrer Bastelkasten so ein Testset. Es erinnert mich ein wenig an einen Werbebrief von Ives Rocher. So viele Einzelteile, die man zusammenfügen muss um zu einem Ergebnis zu kommen. Nur geht es da um etwas total anderes. In so einem Testset ist ein langes Wattestäbchen, der Test selber, ein kleines Röhrchen, in das eine Flüssigkeit und das Wattestäbchen hineinkommen. Natürlich auch diese Flüssigkeit, die in einem pipettenähnlichen Fläschchen drin ist, und zu guter Letzt noch ein Specimen Bag, worin man seinen kontaminierten Mist, hineinsteckt und verschließen kann. Eine Menge Müll. Kein Wunder, dass das auch schon wieder Thema ist.

Jetzt ist er da, der Sommer 2021. Wir sitzen jeden Tag auf der Terrasse. Es ist herrlich warm. Wir müssen morgens immer ganz viel lüften, und die Fenster abdunkeln, damit es im Haus nicht zu heiß wird. Und wir essen ganz oft frische Salate, die uns jetzt eher abkühlen, als frieren lassen. Und vieles, was in der Salatschüssel liegt, kommt aus unserem Garten. Ein wahrer Genuss. Wir laufen mit nackten Füßen herum und ich mag endlich wieder kurze Röcke tragen. Manchmal ist es sogar so heiß, dass ich einfach mein Höschen weglasse. Das fühlt sich herrlich luftig an. Unsere Spaziergänge beginnen früh am Tag, weil es morgens noch so schön frisch ist. Wenn die Sonne erstmal von oben brennt, wie ein Brennglas, wird so ein Spaziergang ziemlich anstrengend. Es tut so gut, den Wald um sich zu haben. Seine sanften Geräusche und die verschiedenen Düfte. An den Wegesrändern schießen jetzt schöne Blumen aus dem Boden. Lupinen und Fingerhüte, aber auch jede Menge Beerensträucher, die auch so langsam ihre Blüten öffnen. Milo flitzt wie immer gerne mit. Doch es wird Zeit, dass wir für ihn, aber auch für uns, immer etwas Wasser mitnehmen. Die meisten Pfützen sind ausgetrocknet und ich bekomme auch immer mehr Durst bei der trockenen Luft. Außerdem könnte man in einen Rucksack, auch eine leichte Decke reinpacken. So eine gemütliche Pause auf einer schattigen Wiese, im kühlen Gras, hätte sicherlich etwas. Bestimmt könnten wir unsere Finger nicht bei uns behalten und würden aneinander knabbern. Schon bei diesem Gedanken könnte ich ihn bereits voller Wollust besteigen.

Ich warte immer noch darauf, dass in Deutschland endlich wieder die Flohmärkte stattfinden. Sie fehlen mir nach wie vor sehr und ich schaue ständig im Internet nach, ob hier in der Nähe welche zu finden sind. Doch nichts der Gleichen ist zu sehen. In dieser Richtung, also was Menschenansammlungen angeht, scheint man irgendwie noch vorsichtig zu sein. Man hört so vieles von Lockerungen aller Art, doch nichts was mich wirklich sehr interessiert. Deshalb wollen wir wieder springen. In Esch an der Alzette ist in anderthalb Wochen Flohmarkt und dort wollen wir zusammen hin. Vielleicht gibt es an diesem Wochenende noch einen, aber das wissen wir noch nicht so genau. Zudem besuchen wir noch einen Luxemburgischen Freund. Den haben wir auch schon eine ganze Weile nicht mehr gesehen. Er hat auch eine ganz liebe deutsche Frau.

Heute hat die Sonne eine Pause eingelegt. Vielleicht, damit Natur und Menschen sich ein wenig erholen können. Milo und mein Luxemburger scheinen das genau wie ich, richtig zu genießen. Es ist so angenehm, wie ruhig es bei uns ist. Jeder geht dem nach, was ihn interessiert und lässt dem anderen Zeit für Eigenes. Und dennoch gibt es einige Rituale, bei denen wir immer ganz nah beieinander sind. Es gibt keine Langeweile. Alle paar Tage laufen wir zusammen durch den Garten und zeigen dem Anderen, was wir Neues entdeckt haben. Rosen zum Beispiel, die plötzlich ihre Knospen öffnen und in sattem Rot erstrahlen. Oder den Ansatz von Erdbeeren, die sich etwas schüchtern, unter den Blättern verstecken. Wir wundern uns sehr, wie schnell Zucchini und Gurken wachsen, oder der bunte Mangold, der von einem Tag auf den anderen Blätter so groß wie von einem Rhabarber bekommen hat. Ich freue mich so sehr darüber und ich glaube der Luxemburger tut es ebenfalls. Ich liebe es, wenn er lächelt. Und immer wieder kann ich ihm ein herzliches Lachen entlocken. Wir haben beide einen herrlichen Humor. Ich habe ihn von meinen beiden Eltern vererbt bekommen. Er hat mir noch nicht verraten, wo seiner herstammt. Doch das finde ich bestimmt noch heraus.

Wenn ich beim Bügeln aus dem Fenster schaue, kann ich die vielen vorbeifahrenden Autos und Lastwagen beobachten. Fast wie Perlen an einer Kette, so dicht hintereinander donnern sie vorbei. Durch den starken Regen, der seit Tagen immer wieder vom Himmel rauscht, hört es sich spritzend und rauschend an. Jetzt gibt es wieder genügend Pfützen. Die Regentropfen fließen auf Umwegen die Fensterscheibe hinunter. Ich sehe, wie sie sich oberhalb der Spalte, des geöffneten Fensters sammeln und dann klatschend auf den Dachpfannen landen. Heute wirken das Gras und die Blätter der Bäume viel grüner. Und sie scheinen sich bei diesem Wetter besonders in Richtung Himmel zu strecken um all ihre Schönheit zu zeigen. Es ist interessant die Menschen in ihren Autos zu sehen, sie aus dieser Perspektive beobachten zu können. Als würde man heimlich in ihre Wohnung schauen. Womit sie sich beim Fahren beschäftigen, ist wirklich erstaunlich. Telefonieren und Kaffee trinken, ist ja relativ normal. Doch ich habe schon Leute beim Rasieren gesehen, Nägel feilen, Zeitung lesen, beim Brötchen belegen und beim Kleidung wechseln. Luxemburger LKW kommen auch ab und zu vorbei. Ich habe bisher jedoch nur bei einem von ihnen die Ladung identifizieren können. Langholz. Ich frage mich, was sie sonst noch alles in ihr Land einführen müssen. Luxemburg ist ziemlich klein, da gibt es sicherlich viele Dinge, die das Land nicht selbst herstellen kann.

Ein bisschen Normalität

Die Tour de France ist wieder im Gange. Dieses Jahr konnte sie wieder zur gewohnten Zeit beginnen. Dieses Mal dürfen auch wieder viele Zuschauer dabei sein. Was in meinen Augen ein Fluch und ein Segen ist. Gestern hat eine Zuschauerin einen Massensturz verursacht. Man kann echt froh sein, dass dabei alle Fahrer mit dem Leben davongekommen sind. So schrecklich sah das aus. Sie hat ein Pappschild sehr weit auf die Fahrbahn ragen lassen, vermutlich, weil sie es in eine Kamera gehalten hat. Dann hat es heftig gerappelt. Man muss sich mal vorstellen, da tobst du dich über 100 Kilometer bergauf und bergab und keine zwanzig Kilometer vom Ziel entfernt, brichst du dir wegen so einem Scheiß fast die Ohren und verlierst sehr viel der kostbaren Zeit. Das ist doch Mist. Wegen der sehr niedrigen Inzidenzen, sind die meisten Kontaktbeschränkungen aufgehoben. Die Leute stehen dicht an dicht und nur noch wenige tragen einen Mundschutz. Nur auf der Zielgeraden hat so ziemlich jeder einen vor der Nase. Die Angst vor dem Virus, kriecht so langsam wieder aus den Gliedern der Menschen heraus.

Frau Merkel hat vor ein paar Tagen vor einer vierten Welle gewarnt. Ihre Amtszeit geht ja langsam dem Ende zu, doch ich halte nach wie vor große Stücke auf ihre Worte. Die Deltavariante, also die Mutante des Virus, die zuerst in Indien nachgewiesen wurde, setzt sich nach und nach durch. In Großbritannien und in Portugal schnellen die Inzidenzen bereits wieder in die Höhe. Die Impfquoten sind ähnlich wie in unserem Land. Ich kann nicht anders als täglich unsere Zahlen anzuschauen. Ich sorge mich. Und ich befürchte, die Kanzlerin wird wieder mal Recht behalten.

Wir waren drüben. Schon donnerstags sind wir etwa um 16 Uhr losgefahren. Ein bisschen regt uns diese Fahrt immer wieder auf, denn wir hatten beide mit Magenproblemen zu kämpfen. Für mich war es ja das erste Mal, dass ich nach dem Umzug diese leere Wohnung in Luxemburg betrete. Eigentlich sind nur noch ein ausziehbares Schlafsofa und eine Stehlampe an Möbeln da. Der Rest gehört zur Wohnung, wie zum Beispiel die Einbauküche und der dazugehörige Tisch und die Schränke im Bad. In der Küche haben wir natürlich noch einige Küchenutensilien hinterlassen, damit wir zwei uns auch etwas zubereiten können. Der restliche Umzug oder besser das Räumen der Wohnung, wird nicht mehr schlimm sein. Mein Luxemburger hat dem Vermieter schon angekündigt, dass er zum Ende dieses Jahres kündigt. Also kann er sich schon ein wenig Gedanken machen und neue Mieter suchen. Sein Vermieter ist schon über achtzig Jahre alt. Er hatte zwar mehrmals gesagt, dass die Wohnung weiterhin und langfristig gemietet bleiben kann, doch das sagt sich leichter als es vielleicht in Wirklichkeit der Fall ist. Wer weiß denn wie lange er noch lebt und was seine Nachkommen mit dieser Wohnung vorhaben. Das kann man leider nicht garantieren. Und davor hat sich mein Luxemburger auch immer etwas gefürchtet, irgendwann ganz unverhofft nochmal umziehen müssen. Da war der Gedanke, ein eigenes Haus zu besitzen und darin leben zu können, deutlich beruhigender. Es ist alles gut, wie es jetzt ist. Die Kündigung hat große Freude in mir geweckt. Damit sagt er mir, dass er hierbleiben möchte. Höchstwahrscheinlich sogar mit mir. So fühlt es sich zumindest an.

Beim Sprung über die Grenze, schnappte der Luxemburger tief nach Luft. „Aaaaach, endlich wieder frische Luft! Er sagt auch, dass es für ihn wie ein „Nach Hause kommen" ist. Und so wird es immer bleiben. Als wir ankamen war es schon recht spät. Wir verstauten die mitgebrachten Dinge, kochten, aßen, zogen das Schlafsofa aus und bereiteten uns eine gemütliche Schlafstätte, dann duschten wir zusammen und krochen ins frisch bezogene Bett. Ich würde sehr gerne sehr viel öfter mit ihm in die Dusche schlüpfen. Ich liebe es, wenn unsere feuchten Körper sich berühren und diese Berührungen uns erregen. Doch er ist immer so flink was das Duschen betrifft, dass es kaum zu schaffen ist ihn dabei zu erwischen.

Am nächsten Morgen machte er einige Besorgungen. Ich blieb mit Milo zurück. Es dauerte auch gar nicht lange. Danach machten wir endlich mal wieder eine Wanderung in den für mich jetzt schon sehr bekannten Luxemburger Wäldern. Ich hatte die Wanderwege, auf denen wir schon so oft unterwegs waren viel anstrengender in Erinnerung. Es ist wirklich bemerkenswert, wie unsere Kondition sich im Laufe der letzten zwei Jahre, immer mehr verbessert hat. Diesmal war die Wanderung fast schon leicht und die Route viel kürzer, als ich gedacht habe. Wir mussten noch Schleifen drehen, damit wir überhaupt auf zehn Kilometer kamen. Zehn Kilometer sind mittlerweile so die Standardlänge von einer Tageswanderung, die wir gemeinsam laufen. Wenn er allein geht, sind seine Wege zusehends weiter. Ich frage mich des Öfteren, ob er sich damit, immer wieder neue Ziele steckt, und ob es für ihn auch eine Art Ausgleich, oder Ablenkung vom Alkohol ist. Ab und zu schleichen sich meine Gedanken in diese Richtung. Ich wünsche mir sehr, dass er es schafft mit diesem Thema Abstand zu nehmen, auch ohne zurechtzukommen.

Abends gehen wir das erste Mal seit vielen Monaten in ein Restaurant. Ich bin etwas aufgeregt, wie es so läuft. Man hat es ja fast schon verlernt woanders zu essen. Als wir die Räumlichkeiten betreten, werden wir freundlich empfangen. Es ist eine Tischreihe aufgebaut, die die Gäste wohl etwas ausbremsen sollen, damit nicht doch jemand ungesehen hindurchflutscht. Sie fragen uns, ob wir geimpft sind. Der Luxemburger ist es ja, doch ihm fehlt sowas wie ein Zertifikat, das er auf dem Handy hätte haben müssen. Das war jedoch nicht der Fall, sondern nur auf Papier. Und so musste er doch den ersten Coronatest machen. Uiii das hat ihm glaub ich etwas gestunken. Doch er ließ sich nichts anmerken. Ich gab ihm ein wenig Anleitung und unsere Ergebnisse waren zum Glück negativ. Eine Dame kam an den Tisch und kontrollierte die Tests, und dann wurden die Bestellungen aufgenommen. Es war sooo köstlich. Nach dem Test war es uns erlaubt, uns ohne Mundschutz, in dem Restaurant zu bewegen. Ich habe jedoch Angst. Ich denke daran, dass eine Oberärztin einmal im Fernsehen erzählte, dass jeder 5. Test negativ anzeigt, obwohl die getestete Person infiziert ist. Und diese kann in dem Raum, in dem sie sich befindet, viele Menschen ebenfalls anstecken. Deshalb möchte ich meine Maske vor Mund und Nase behalten. Das ist einer Dame aufgefallen, die vielleicht sogar die Besitzerin ist. Sie lächelte breit und sagte, dass ich keinen Mundschutz brauche. Alle sind geimpft oder getestet, also ist es doch ein coronafreier Raum. Vielleicht war sie etwas enttäuscht, dass ich kein

Vertrauen in ihr Konzept habe. Ein bisschen kann ich sie verstehen. Doch ich traue diesem Frieden leider insgesamt nicht. Was sich im Nachhinein auch noch als gar nicht sooo blöd erweist.

Am Samstag steht Flohmarkt auf unserem Programm. Doch vorher drehe ich mit Milo endlich wieder eine Runde durch die Wohnsiedlung. Es ist einfach der Hammer wie viele neue Mietshäuser oder Eigentumswohnungen, wie Pilze aus dem Boden geschossen sind. Und das auf echt engem Raum. Die Firmenwagen stapeln sich beinahe in den schmalen Straßen. Es scheint, dass alles gleichzeitig fertiggestellt werden muss. Fassadenarbeiten, Arbeiten an den Außenanlagen, Zäune werden gezogen. Doch irgendwie sind ebenfalls Firmenwagen von Installateuren von Bädern und Elektroanlagen zu sehen. LKW von Umzugsunternehmen stehen in zweiter Reihe und die Männer müssen auf Umwegen die Möbel in die Häuser schleppen. Man kann die Straßen kaum zu Fuß passieren, geschweige denn mit einem Auto. Und mittendrin sieht man den einen oder anderen Menschen, der schon eingezogen ist. In was für einer fürchterlichen Unruhe leben sie im Moment? Furchtbarer Gedanke!

Milo ist von den Vielen neuen Eindrücken total überfordert. Er weiß gar nicht wo er anfangen oder aufhören soll mit Schnüffeln. Ich schaffe nur schwer ihn bis zum Feldweg, der uns erstmal von dem Bauboom wegführt, zu zerren. Und kurz darauf kann ich endlich mal wieder in den Garten des asiatischen Farmers schauen. Er hat wieder eine Hecke aus Mais angepflanzt und unzählige Gurken und Zucchinipflanzen wuchern aus kleinen Hubbeln. Viele gerade Reihen mit Zwiebeln kann ich auch entdecken, jedoch auch reihenweise Salat. Der kann seine Familie bestimmt den gesamten Sommer über komplett mit Gemüse versorgen.

Beim Blick über die Wiesen glänzen die mit kleinen Morgentautropfen bedeckten Spinnennetze in der Sonne. Die Vögel zwitschern laut als würden sie sich freuen, dass der neue Tag beginnt. Ich entdecke schon wieder eine neue Baugrube. Diesmal mitten in der Siedlung, die scheinbar schon seit ein paar Jahren komplett gewesen schien. Es findet sich wohl immer ein Fleckchen für ein neues Gebäude, um die Taschen mit Geld zu Füllen. Das wird wohl auch ein sehr großes Haus geben. Vielleicht auch ein Mietshaus, oder es sind ziemlich wohlhabende Menschen, die sich hier ihr Eigenheim errichten lassen.

In einigen Bundesländern haben, bereits im Juni, die Sommerferien begonnen. Ganz bestimmt ist ein urlaubsdurstiger Bürger, in den Urlaub gestartet. Berlin, Schleswig-Holstein, Mecklenburg Vorpommern, und Brandenburg, das waren die Ersten. Danach folgten Anfang Juli weitere, und die Letzten werden ganz bald in die Sonne fliegen. Weil es dieses Jahr in Deutschland eher Wasserstrahlen gibt, wird es sicherlich die Meisten in Richtung Süden verschlagen. Es wurden bereits wieder etliche Länder als Risikogebiete aufgezählt oder als Virusvariantengebiete. Reisewarnungen und Quarantänevorschriften kann man zu Hauf im Internet finden. Reisende haben ihren Urlaub auch schon vorzeitig abgebrochen, weil sie, bevor die Quarantäneregelungen in Kraft treten, zurück sein wollten. Dann hätten sie zusätzlich noch 1-2 Wochen mehr von ihren Urlaubstagen zwangsweise vergeuden müssen. Meiner Meinung nach, ist Reisen noch viel zu gefährlich, wegen dieser blöden Pandemie. Weswegen auch sonst? Ich weiß ja nicht, ob vorwiegend Geimpfte verreisen, doch ganz sicher ist es wohl immer noch nicht, ob die Deltavariante überhaupt, mit der Impfung abgedeckt ist. Ich hätte auch Schiss, dass man irgendwo in einem fremden Land erkrankt oder wochenlang festhängt. Mit dieser Sorge könnte ich mich gar nicht entspannen. Wir werden es sehr schnell merken, ob der Reiseantritt der Touris, ein guter Plan war, oder voll daneben. Wenn in den Bundesländern, die zuerst den Ferienbeginn hatten, dann auch zuerst einen Anstieg der Inzidenzen aufweisen, war wohl Letzteres der Fall. Bevor wir unseren Trip nach Luxemburg angetreten haben, hatte Luxemburg wirklich gute Zahlen, also unter 20. Davon abgesehen, wären wir auch bei Beschissenen losgefahren. Doch als wir wieder zurück in unserem Zuhause waren, konnte ich mir einen prüfenden Blick nicht verkneifen. Nun waren die Zahlen auf weit über 100 hochgeschossen. Das hat mich wirklich schockiert. Eigentlich wollte ich es überhaupt nicht glauben und dachte eher an einen Rechenfehler oder einen Fehler im System. Vorsichtshalber habe ich dann einen Test gemacht, bevor ich mich wieder unter die Leute begeben hab. Irgendwie beruhigt mich so ein Test. Auch wenn er nicht ganz sicher sein soll.

Ich frage mich bei diesem verregneten Sommer, ob es wirklich eine Erderwärmung gibt. Mein Luxemburger hat sich vor ein paar Tagen, dieselbe Frage gestellt. Als es in den letzten Jahren schon so früh im Jahr und so dauerhaft heiß war, war es leichter zu glauben. In diesem Jahr war es wirklich lange widerlich kalt. In den Medien wird permanent von der Reduzierung des CO 2 Ausstoßes berichtet, von zu viel Plastik und dem Raubbau an unserer Natur. Ich möchte auch mehr dafür tun, dass ich viel weniger Negatives auf unserer Erde hinterlasse. Jede kleine Tat macht im Ganzen eine Große. Da fällt mir der Spruch ein: „Mühsam ernährt sich das Eichhörnchen". Es ist falsch zu glauben, dass ein Einzelner nichts bewegen kann. Wenn man seine guten Taten beibehält und es schafft einige von dieser Idee zu überzeugen, so wächst die kleine erst unbedeutende Sache, zu einer Großen heran. Natürlich hat jeder seine eigenen Möglichkeiten, und Überzeugungen. Für mich zum Beispiel ist es voll normal, wenn ich einen Garten an meinem Zuhause habe, auch Gemüse darin anzupflanzen und es, wenn es genügend Regenwasser gibt, damit zu gießen. Es ist wirklich erstaunlich, was für einen Ertrag zwei Hochbeete erbringen. Und ich habe noch gar nicht so viel Erfahrung damit. Beim Kauf von Obst und Gemüse, schaue ich vermehrt auf deutsche Herkunft und nehme gerne die Lebensmittel, die keine Verpackungen haben. Leider ist frisches Gemüse, oder Obst sehr häufig, entweder aus dem Ausland, oder in Plastik eingetütet. Mist! Mich wundert es wirklich, dass Champignons aus Deutschland kommen. Im

Moment sogar Heidelbeeren und Radieschen. Sich mit der Herkunft und mit der Verpackung der Lebensmittel zu beschäftigen ist wirklich nicht schwer. Die Saison zu beachten ist auch noch ratsam. Doch all das genügt bei Weitem noch nicht. Insgesamt muss sich endlich etwas bewegen auf dieser Welt. Sonst haben wir sie bald zerstört. Es ist richtig widerlich durch die Regale im Supermarkt zu laufen. Alles steckt in Plastik. Oftmals sind die Artikel auch noch doppelt verpackt. Das können wir ganz sicher besser. Es gibt doch so viele schlaue Köpfe auf der Welt. Die haben sicherlich schon gute Ideen parat. Man muss sie nur ausführen wollen.

Von wegen keine Erderwärmung! Hier hat es ja echt viel geregnet. Doch in einigen Teilen von Deutschland, Luxemburg und Belgien, hat der Regen Ausmaße angenommen, die verheerend sind. Erdrutsche, die Häuser mit sich nahmen, Überflutungen ganzer Stadtteile oder Straßen die unterspült und weggebrochen sind. Schlammlawinen, die Autos, Bäume, Mülltonnen sogar Wohnwagen einfach alles mit sich nahmen und Gebäude, teilweise meterhoch, unter sich begruben, oder in eine Matschlandschaft verwandelten. Dämme und Staubecken brachen oder liefen über, Bäche wurden zu reißenden Strömen,

Ortschaften mussten evakuiert werden. Bis jetzt sind mehr als 100 Menschen, dieser Katastrophe zum Opfer gefallen und es werden immer noch etliche Menschen vermisst. Nach fünf Tagen. Viele sind geschockt. Auch wir. Die Bilder in den Medien sind furchtbar und beängstigend. Die Meteorologen erklären, was diese Wetterphänomene mit dem Klimawandel zu tun haben und dass sowas in Zukunft, des Öfteren vorkommen kann, höchstwahrscheinlich sogar wird. Und es kann jeden treffen. Vielleicht regt es die Menschen endlich dazu an, dass sich viel mehr ändern muss, als wir bisher annahmen. Vielleicht stellt diese Katastrophe, die Weichen in unseren Köpfen um, dass eine grüne Führung, in Gestalt einer neuen Kanzlerin, in grünem Gewand, unsere Zukunft ist.

In Deutschland steigt die Zahl der Neuinfektionen seit Tagen wieder an. In England, oder besser im Vereinigten Königreich, liegt die Inzidenz jetzt auf über 470. Die höchste Zahl dort insgesamt lag auf über 600. Das ist gar nicht mehr so weit entfernt. Das war am Anfang dieses Jahres. Irgendwie paradox, dass sie gerade jetzt die Maskenpflicht vielerorts aufgehoben haben. Nachtclubs dürfen wieder öffnen, viele Kontaktbeschränkungen wurden eingestellt. Der Premierminister hofft auf Eigenverantwortung. Ob das wohl gut geht? Im Gegensatz zu unseren steigenden Zahlen, sinken diese in Luxemburg wieder. Vielleicht waren die übertrieben schnell hochschießenden Werte, ein Fehler im System. Natürlich mache ich mir immer mehr Gedanken ob ich jetzt auch, schnellstmöglich einen Impftermin ausmachen sollte. Doch das stellt sich als schwieriger heraus als gedacht. Telefonnummern, die für einen „sofort" Impftermin im Internet stehen, stellen sich als falsch heraus. Weil man sich dort zwar registrieren lassen kann, jedoch nicht für jetzt und nicht unbedingt in meiner Nähe. Die Telefonnummer, die direkt zum Impfzentrum führen soll, führt zu einem Anrufbeantworter, der einem sagt, dass man die Vorwahl weglassen soll um zum ärztlichen Bereitschaftsdienst zu kommen. Wie dämlich, dass ich ja eh nur über diese Website dorthin gekommen bin. Meine Laune sickert in den Abgrund und ich spüre, dass meine Abwehrhaltung, was das Impfen betrifft, wieder ins Unermessliche steigt. Warum muss es immer so furchtbar kompliziert sein hier in Deutschland? Ich frage mich unentwegt, wie die Leute die kein Internet haben mit diesem unerträglichen Durcheinander zurechtkommen sollen. In den Medien haben sie darüber gesprochen, ob man die Leute bestrafen kann, die ihre Impftermine nicht wahrnehmen oder ob man es sollte. Ich glaube es gibt weitaus andere Probleme, die zu überarbeiten sind. Ich fürchte, dass mein Abwehrsystem nach der Impfung explodieren wird. Deshalb entscheide ich mich für heute, wieder einmal dagegen.

Jugend und Corona

Ich hatte eine sehr interessante Begegnung mit einem jungen Mann, als ich es mir auf einer Bank mit einem Eis gemütlich machte. Übereck war eine weitere Bank, worauf der Junge ganz vertieft in sein Handy saß. Er grinste immer wieder breit und konnte sein Lachen kaum zurückhalten. Vielleicht kommunizierte er mit einem Kumpel über WhatsApp, oder so. Es war der letzte Schultag. In unserem Bundesland hatten jetzt auch endlich die Sommerferien begonnen. Neben dem jungen Mann, lag der etwas mitgenommene Rucksack und an seinem rechten Ohr hing ein fast genauso mitgenommener Mundschutz. Ich beobachtete den Jungen eine Weile. Irgendwann stecke er sein Handy in den Rucksack und holte sich auch ein Eis. Wieder zurück auf der Bank, schaute er sich die vorbeilaufenden Leute an und kurz darauf sah er mich ganz freundlich an. Ich fragte ihn, ob er froh sei, dass jetzt erstmal Ferien sind. Das bejahte er, obwohl es für ihn mittlerweile sehr entspannt ist in der Schule. Der Stress ist mit dem normalen Schulalltag, der vor Corona herrschte, nicht zu vergleichen. Er erzählte mir, dass es anfangs zwar total komisch war, als der erste Lockdown begann, weil man plötzlich ausschlafen konnte. Die Schule begann dann, wenn man es selbst wollte. Das war am Anfang super. Doch dann merkte er, dass er sich nach zwölf Uhr mittags, kaum noch konzentrieren konnte. Also musste er sich, um am Ball zu bleiben, eher quälen. Das änderte er dann von selbst nach ein paar Wochen. Und das klappte besser. Er musste ja erstmal seinen eigenen Rhythmus finden. Zuerst gab es ja noch keinen Unterricht, als Videokonferenz, oder wie man das nennt. Er erzählte mir auch, dass er einige Fächer total vernachlässigt hat. Für die hatte er sich schon vor Corona kaum interessiert. Und dann schien ihm das Material, das ihm die Lehrer zur Verfügung stellten, als totalen Mist. Irgendwann wurden die Noten natürlich schlechter und er entschied sich, in den Tests, oder Vorträgen die man halten musste, etwas Gas zu geben. So konnte er das Ruder nochmal rumreißen.

Ich fragte ihn auch, ob er sich benachteiligt oder eher im Vorteil, gegenüber den ganzen Schülern fühlt, die ihre Schulzeit ohne einen Lockdown durchlaufen konnten. Da sagte er, dass es wohl ganz darauf ankommt, in welcher Klasse man ist. Er besucht ja ein Gymnasium und wenn es wirklich nahe dem Abschluss gewesen wäre, dann wäre es ganz bestimmt richtig Scheiße. Doch er ist noch etwas von dem Abschlussstress entfernt, also halb so schlimm. Einige von seinen Klassenkameraden haben sich in dieser Zeit total verändert. Sie haben sich ganz übertrieben abgekapselt, als wären sie nicht mehr vorhanden. Es gibt also ganz sicher sehr viele Schüler, denen das Alleinsein gar nicht gut getan hat. Sie haben sich sozial völlig abgeschnitten gefühlt und richtig gelitten. Nach dem zweiten Lockdown hatten einige bestimmt zehn Kilo zugelegt und sahen fast verwahrlost und mitgenommen aus. Zum Glück hatten sie sich nach einigen Wochen, ihr altes Aussehen wieder angeeignet. Wie gesagt, für einige war es richtig schlimm. Für ihn selbst war es eine interessante Erfahrung. Er freut sich, dass jetzt im Sommer wieder vieles erlaubt ist. Er ist, mit seinen sechzehn Jahren, schon komplett durchgeimpft, hat es auch gut vertragen, außer dem fiesen Schmerz im Oberarm. Doch er glaubt, dass im Herbst/Winter wieder alles dicht sein wird, weil die Leute wieder übertreiben. Genau wie im letzten Jahr. Dann klingelte sein Handy, er sprang auf und verabschiedete sich sehr freundlich, warf seinen Rucksack über die rechte Schulter, schwang sich auf sein Rad und brauste freihändig und telefonierend davon. Ein sehr aufschlussreiches Gespräch.

Ich liege gemütlich unter den Sonnensegeln unserer wunderschönen Terrasse. Bunte Glassterne, baumeln darunter. Die Sonne lässt sie in ihren leuchtenden Farben erstrahlen. Heute ist herrliches Wetter. Der fast komplett blaue Himmel leuchtet durch das satte Grün des Weinstockes, der voller Trauben hängt. Er fühlt sich so wohl an seinem Standort, dass wir immer wieder in Konflikt geraten, wer diese Terrasse dieses Jahr erobern wird. Seine Blätter wiegen sich sanft im Wind. Ab und zu, kommt auch ein Lüftchen an mir vorbei. Mein Blick wandert zu meiner grünlich-violett schimmernden Armbeuge, die mich an ein paar fürchterliche Tage erinnert. Am Sonntag, den 25. des letzten Monats, bekam ich jetzt doch meine erste Impfung. Der Impfstoff war von Moderna. Das riesige Impfzentrum, ein rundherum eingezäuntes, weißes Zelt, welche auch zu Messezwecken genutzt werden, lag vor mir. Und ich fühlte mich saumäßig. Nicht nur, dass ich Schiss vor dem Piks hatte, sondern viel mehr vor dem Zeug, dass sich jetzt ganz bald, in meinem Körper ausbreiten würde. Beim Betreten des Zeltes, das dem Anschein nach, für eine wirklich riesige Menschenmenge ausgelegt war, war wie leergefegt. In einer Reihe von Kabinen, saßen junge Männer und Frauen, die die Impfwilligen in Empfang nahmen. Sie kontrollierten den Packen Papiere, die ich im Vorherein ausgedruckt und ausgefüllt hatte. So war es vorgegeben. Es stellte sich heraus, dass zwei Drittel der Blätter unbrauchbar waren, weil der Impfstoff, von dem sie handelten, gar nicht für mich in Frage kam. Danach durfte ich mich, immer den gelben Pfeilen auf dem Boden folgend, auf den Weg in einen anderen Bereich machen. Mein Luxemburger wich nicht von meiner Seite. Er hatte mich schon hierher gefahren, hielt die ganze Zeit meine Hand und leistete mir mit dieser Geste sehr großen Beistand. Draußen war es sehr heiß, doch hier im Inneren des Zeltes, war es angenehm klimatisiert. Dennoch spürte ich, wie meine Körpertemperatur stetig anstieg und der Schweiß mir aus den Poren trat. Die Pfeile leiten uns zu einem jungen, sehr freundlichen und ruhigen Arzt, der mich nach meinem Befinden fragt, nach Impfreaktionen oder Medikamenten, die ich so einnehme. Und ob ich schon mal eine Reaktion nach einer gesetzten

Impfung bekam. Zuletzt fragte er mich, ob ich noch etwas wissen wollte. Mir war es nur wichtig, dass ich die Impfung im Liegen bekomme, weil ich so empfindlich bin, was meinen Kreislauf betrifft. Das war kein Problem, denn nach einer Minute lag ich in einer Kabine auf einer Liege und eine freundliche Frau, wuselte um uns herum. Der Stich war absolut schmerzlos und ich saß recht schnell in dem Wartebereich, wo die geimpften mindestens eine Viertelstunde ruhen sollten, falls eine allergische Reaktion auftreten sollte. Ein riesiger Raum mit sehr vielen Stühlen. Immer zwei zusammen und dann wieder ein Abstand. Für den Notfall saßen Leute vom Rettungsdienst bereit. Diese sahen jedoch total gelangweilt aus. So ein anaphylaktischer Schock trat wohl eher selten auf. Meine Krokodilstränen waren zum Glück schon wieder getrocknet. Ich muss fast immer heulen, wenn ich geimpft werde. Keine Ahnung warum ich das nicht endlich mal abstellen kann. Ich wartete förmlich auf eine Reaktion auf die Impfung. Doch in den nächsten 24 Stunden machte sich nur ein starker Schmerz im Oberarm bemerkbar. Dieser verschwand fast genauso schnell wie er gekommen war. Ich war so froh, dass ich keinen Schüttelfrost, Fieber, oder Magen-Darm Probleme bekam, so wie viele andere. Dann kam es jedoch ganz anders.

Montagabend bemerkte ich Kopfschmerzen, worauf ich mich dann einfach etwas früher ins Bett begab. Ich schlief gut, doch am nächsten Morgen hämmerte dieser Schmerz ziemlich schlimm. Mittags nahm ich die ersten Ibuprofen, 2x 400mg. Doch mir wurde nach spätestens zwei Stunden sonnenklar, dass das Mittel gar nicht half. Daraufhin nahm ich zwei Paracetamol. Zwei mit jeweils 1000mg. Die hat mir mein lieber Luxemburger miteingeführt. Ich weiß gar nicht, ob man sowas hier in Deutschland überhaupt bekommen kann. Normalerweise hätte ich so eine Dosierung niemals angerührt, doch der Schmerz war bereits unerträglich geworden und ich hoffte so sehr, dass ganz schnell eine Besserung eintritt. Doch auch das half mir gar nicht. Es wurde eher noch unerträglicher. Verzweifelt schluckte ich zwei Stunden später einen Becher voll Wasser hinunter, den ich mit 20 Topfen Novalgin versetzt hatte. Es half nicht. Mir ging es immer schlechter. Gliederschmerzen machten sich breit, jedes Geräusch und jeder kleine Lichtstrahl bereitete mir Qualen. Ich lag wie eine Tote da, den Kopf unter dem Kopfkissen vergraben. Zu allem Übel, begann ich am Abend mich zu übergeben. Der Luxemburger brachte mich zum ärztlichen Bereitschaftsdienst, der Gott sei Dank besetzt, und so gut wie menschenleer war. Nach der Anmeldung wurde ich sofort in ein Behandlungszimmer gebracht, wo ein älterer Arzt auf einem schwarzen, gut gepolsterten Schreibtischstuhl saß. Unter ihm eine Zeitschrift über Dressurreiten. Er blickte recht schnell auf und fragte mich, womit er mir behilflich sein könnte. Einen Augenblick später lag ich schon ein Zimmer weiter auf einer Liege, und eine Infusion tröpfelte in meine Ader. Ich verbog mich vor Schmerzen und Übelkeit. Keine Ahnung wie ich es schaffte, nicht quer durch den Raum zu kotzen. Ab und zu kam der Arzt und mal ein Pfleger herein, die mich nach meinem Befinden fragten. Keine Besserung. Als der Arzt jedoch eine Androhung formulierte, dass ich dann dort bleiben müsste, log ich, dass es jetzt doch langsam besser werden würde. Also durfte ich gehen. Wenn es bis morgen jedoch nicht deutlich besser sein würde, sollte ich meinen Hausarzt aufsuchen. Als wir endlich wieder ins Freie traten, bekam ich Schüttelfrost. Es fiel mir ziemlich schwer die Füße voreinander zu setzen und ich musste mich wirklich zusammenreißen, nicht dem Drang zu folgen, mich zum Sterben auf dem Klinikvorplatz zusammenzurollen. Mein Luxemburger spürte das und drohte mir lieb: "Wenn du umkippst, musst du hierbleiben!" Zuhause angekommen, schaffte ich es gerade noch ins Bad, wo ich auf Knien liegend, am ganzen Körper schlotternd, den spärlichen Restinhalts meines Magens ins Klo beförderte. Ich wäre am liebsten einfach auf dem Boden liegen geblieben, doch ich wollte meinen Luxemburger nicht noch weiter strapazieren und beunruhigen. Er hatte schon genug mit mir gelitten in den letzten Tagen. Im Bett angekommen konnte ich, vor lauter Erschöpfung, endlich schlafen. Total im Eimer, glitt ich schon nach wenigen Minuten, ins Land der Träume. Der Schlaf half ein kleines Bisschen. Jedenfalls für eine Weile. Am nächsten Morgen begann das Drama gleich wieder, doch diesmal wartete ich nicht so lange, sondern fuhr zu meinem Hausarzt. Der war ziemlich beunruhigt und drückte mir recht schnell eine Überweisung für die Notaufnahme in die Hand. Er wollte, dass die Sache vernünftig abgeklärt wird und ein Neurologe mich ganz genau untersucht. Schließlich sind schon einige Leute an einer Thrombose im Kopf gestorben und er wollte nicht, dass ich auch so jemand werde. In der Klinik ging alles recht zügig. Einer steckte mir für einen Coronatest ein Stäbchen in die Nase und gleichzeitig stach man mir mit einer Nadel in den Arm, um einiges an Blut abzuzapfen und mir gleich danach, einen Tropf dranzuhängen. Diesmal versetzt mit Schmerzmittel und einem Mittel gegen Übelkeit. Die Idee war echt gut, denn von diesem Tempo und den vielen Sachen, die man mit mir anstellte, war mir kotzübel. Diesmal war ich allein im Krankenhaus. Meinen Luxemburger hab ich zu Hause gelassen, weil mein Hausarzt gleich gesagt hat, ich soll diesmal in der Klinik bleiben, wenn es für sinnvoll gehalten wird. Ich kam mir so schäbig vor, zwischen den vielen Verletzten und sicherlich sehr kranken Menschen. Wahrscheinlich bin ich einfach nur ein Jammerlappen, der nichts aushalten kann. Mein Blut wurde untersucht. Zum Beispiel, ob mit der Gerinnung alles okay sei. Und ich wurde in ein Gerät geschoben, das meinen Kopf geröntgt hat. Dann hat der Neurologe noch einige Tests mit mir gemacht, ob mein Gehirn noch ordentlich funktioniert oder zumindest meine Nerven. Am Ende war anscheinend alles gut mit mir. Nichts Auffälliges zumindest. Ich nehme an, dass sie mir diesmal eine anständige Ladung Schmerzmittel und eine ordentliche Dosierung gegen die Übelkeit verpasst haben, denn nach dem mir das Ding aus dem Arm gezogen wurde, ging es bergauf mit mir. Ich durfte wieder gehen. Diesmal fühlte ich mich deutlich sicherer auf meinen Füßen. Ist ja klar, dass ich, von der zweiten Impfung vorerst nichts hören wollte. Nach diesem Drama. Obwohl mir bereits klar war, dass diese Impfung wichtiger ist, als alle die ich jemals zusammen erhalten habe.

Gestern sind wir wieder in Luxemburg gelandet. Keine Probleme an der Grenze. Die Inzidenz in Luxemburg liegt bei etwa 50 und die von Deutschland lag heute Morgen bei 48 mit 9280 Neuinfektionen. Bei uns steigt die Zahl weiterhin an. Abends treffen wir uns endlich mal wieder mit Freunden in einem indischen Restaurant. Mal sehen wie es diesmal abläuft.

Kein Test, keine Frage nach den Adressdaten, keine Aufforderung Impfzertifikate zu zeigen oder Ähnliches. Und das im geschlossenen Raum. Das hat mich sehr überrascht. Es waren nicht sehr viele Gäste bei dem Inder. Dennoch fühlte es sich für mich überaus ungewohnt an, so ungeschützt zu sein. Bei der Begrüßung der Freunde, reichte mir jemand seine Hand. Es kam mir vor, als wäre das etwas, was ich vor Ewigkeiten das letzte Mal getan hätte. Fast wie ein Kindheitserlebnis. Es war ein sehr angenehmer Abend. Wir Frauen hatten so unsere Themen, wie Rezepte, oder Pflanzen, die man im Garten anbauen kann, Friseur und sowas. Wir kicherten und unterhielten uns auf Deutsch. Und unsere Männer genossen ihr Gespräch auf Luxemburgisch. Bestimmt haben sie etwas über uns gelästert. Doch das dürfen sie ruhig. Ich glaube sie tun das immer etwas liebevoll. Sie sind sehr liebe Menschen. Ich bin ja schon froh, wenn ich einige Fetzen Luxemburgisch verstehen kann. Doch sprechen kann ich es nicht. Französische Worte verstehe ich auch immer öfter. Doch was das Sprechen betrifft, geht kaum mehr als oui, non, bonjour, au revoir und merci über meine Lippen. An der Tankstelle kann ich noch den Tankplatz nennen. Und damit ist schon ende Gelände. Ich traue mich einfach nicht den Mund aufzumachen. Außerdem verarbeitet mein Hirn französische Worte ganz langsam. Bis es dann zu einer französischen Antwort kommt, die ja vielleicht schon irgendwo in meinem Kopf abgespeichert ist, ist mein Gegenüber entweder vergreist oder verschwunden.

Die Reise nach Luxemburg wird immer mit einem lachenden und einem weinenden Auge gesehen. Ich glaube er lebt sehr gerne in unserem schönen neuen, gemeinsamen Zuhause. Doch sein Land wird immer eine Art von Sehnsucht in seinem Herzen hinterlassen.

Ich bin so froh, dass er mich mitnimmt. Eigentlich ist seine alte Wohnung ein Rückzugsort in dem er trinkt. Beim letzten Besuch, den er allein unternommen hat, erzählte er mir im Nachhinein, dass er „nur" eine halbe Flasche Rotwein getrunken hat. Danach ist er eingeschlafen. Das ist ein Maß, das ihm nicht schadet. Ich wünsche ihm so sehr, dass er seinen Alkoholkonsum weiterhin beherrschen kann.

Urlaub an der See

Wir haben noch nie einen Urlaub zusammen unternommen, der an eine ganze Woche herangereicht hat. Durch Corona, Fernbeziehung und Umzug kam kaum so eine Idee auf. Und wir sind jetzt schon seit zweieinhalb Jahren ein Paar. Nun soll es jedoch soweit sein. Sieben Übernachtungen in einer Ferienwohnung, ganz nah an der Ostsee. Wir sind was das Packen und Planen angeht, total verschieden. Ich spüre einige Spannungen, die zwischen uns entstehen. Urlaube waren für mich, in meiner Ehe, immer ein Graus, denn all der Stress, der zu Hause schon unerträglich war, wurde im Urlaub noch x-fach gesteigert. Man könnte fast sagen, ich bin da etwas traumatisiert, und deshalb ziemlich nervös, bei Urlaubsgedanken. Wir fuhren ganz entspannt am Morgen los. Abends vorher hatten wir schon das Meiste im Auto untergebracht. Auch die Transportbox für Milo. Sie wurde ganz weich ausgepolstert und mit einem Wassernapf ausgestattet. Auch der Zwerg soll eine Reise haben, die so angenehm wie möglich ist. Milo hasst das Reisen und er spürt die vorhergehende Unruhe ganz deutlich. Er schlotterte schon eine

Stunde bevor wir in den Wagen stiegen. Armer Tropf! Die Fahrt verlief ganz gut. Trotz der vielen Staus unterwegs, die schon etwas nervig waren, blieb unsere Laune wirklich gut. Wir fuhren an einem Sonntag los, damit wir nicht so vielen LKW begegnen. Anscheinend hatten wir jedoch nicht allein diese Idee. Durch die vielen On-Off-Lockdowns sind die Urlauber scheinbar viel auf deutschen Straßen präsent. Wir machten einige Pausen, wenn wir mal einen nicht total überfüllten Rastplatz fanden, futterten unser allmorgendliches Müsli, und ließen den kleinen Köter ab und zu aus seiner Kiste raus, damit er seine Beinchen etwas vertreten konnte. Essen mag er während einer Fahrt nicht. Es regt ihn wohl zu sehr auf. Mein Luxemburger ist so lieb zu Milo. Er ist um das Wohl des Tierchens, oft mehr besorgt als ich. Wir kamen ohne Streit und ohne böse Worte, in unserem Urlaubsort an. Das Einchecken in die Ferienwohnung, war dennoch ziemlich nervenaufreibend. Die gute Laune war verbraucht, sowie die Geduld und wir waren einfach nur noch müde. Wir sollten die Schlüssel an der Rezeption abholen, die zum Glück noch besetzt war. Der übliche Schreibkram ging ja ziemlich schnell vonstatten, doch dazu kam, dass man Coronaauflagen einhalten musste. Für mich bedeutete es, dass ich einen Testnachweis vorlegen sollte, weil ich ja noch nicht durchgeimpft war. Zum Glück war ganz in der Nähe ein Testcenter, wo ich nach einigen Komplikationen, so einen negativen Nachweis bekam und wir letztendlich doch die Schlüssel für die Wohnung in unseren Händen hielten. Total erledigt warfen wir nur noch die Taschen in die passenden Räume und nahmen uns erstmal eine verdiente Erholungspause raus. Das war auch ziemlich nötig, denn es knisterte schon zwischen uns. Gut, dass Erholung für uns beide sehr wichtig ist.

Die Wohnung befand sich in einem gepflegten Wohnviertel. Zwei große Wohnwürfel standen sich gegenüber, genau die gleichen Bauten. Jede Wohnung besaß einen großen Balkon. Ich denke beide dieser Gebäude sind voll mit Ferienwohnungen. Meiner Meinung nach sind diese Wohnblöcke, in dieser Gegend, eine wahre Goldgrube. Sieben Minuten Fußweg von der Strandpromenade entfernt, das ist ein Klacks. Auch die wichtigsten Einkäufe konnte man zu Fuß erledigen. Das Wetter spielte die ganze Woche mit. Wenn man bedenkt, dass der September schon begonnen hat, war das mit Sicherheit, keine Selbstverständlichkeit. Wir konnten sogar in der Ostsee baden und uns in der Sonne wärmen. Ab zehn Uhr konnte man in kurzen Klamotten herumlaufen und kein einziger Regentropfen fiel. Nur am Morgen war es etwas frischer. Wir verstanden uns den ganzen Urlaub so gut wie immer. Schon wieder ein großer Schritt, aus dem Dunkel meines alten Lebens. Ein Urlaub ohne Streit und mit wenig Stress, vorher undenkbar. Eine Zeit in der man echt mal zur Ruhe kommt, in der man viel liest, kuschelt und schläft. Herrlich. Morgens, wenn sich der Luxemburger noch in der Warmlaufphase befand, haben Milo und ich, täglich, unseren ersten Spaziergang gemacht. Nur das arbeitende Volk war hektisch in ihren Autos unterwegs und unsere Zeit lief irgendwie deutlich langsamer. Meine Augen und meine Ohren hatten das Glück, Momente zu sehen und zu hören, die mir sonst vielleicht kaum aufgefallen wären. Eine alte Frau zum Beispiel, sie legte am menschenleeren Strand, ihren Bademantel ab, ging ganz langsam zum Wasser, und schwamm in ihrem blumigen Badeanzug und einer pink leuchtenden Badekappe, ein paar Runden. Dann schlich sie kurze Zeit später durch den weißen Sand, hüllte sich wieder in ihren flauschigen Bademantel, schlüpfte in rosa Flip Flops, und verschwand in einem der Hauseingänge, direkt an der Strandpromenade. Einen Augenblick später krähte eine verärgerte Urlauberin, laut durch die Straße. Ein Bauarbeiter gegenüber, hatte es doch tatsächlich gewagt, an einem Morgen, Motorengeräusche erklingen zu lassen. Sie wurde dadurch schon um halb acht geweckt. Der Mann entschuldigte sich mit hängendem Kopf für die Ruhestörung. In seinen Augen war eine seltsame Traurigkeit zu sehen. In den Augen der Frau, einfach nur Verachtung und Wut. Als ich im Vorbeigehen einen guten Morgen wünschte, kam es mir so vor, als hätte die ordentlich zurechtgemachte Frau, beim erwidern des Grußes, einen Augenblick zwei Gesichter. Ekelhaft!

Die lang ersehnten Wahlen liegen hinter uns. Frau Merkel kann sich also ganz bald, gemütlich zurücklehnen. Die SPD hat die Bundestagswahl gewonnen, doch natürlich kann sie, mit ihren etwa 25% nicht allein regieren. Die Union hat haarsträubende Verluste erlitten, was sie, trotz der krassen Zahlen, irgendwie noch gar nicht zu verinnerlichen vermag. So arrogant wie man es gewohnt ist, glaubt sie, dass ihre hoch heilige Partei, immer noch ganz oben mitmischen wird und somit, den heiligen Gral des Kanzlertums, ganz fest in den Händen hält. Doch ganz langsam sickert es durch: Der Thron befindet sich nicht mehr unter ihnen, sondern SIE befinden sich unter dem Thron. Es standen eine

Jamaika- und eine Ampelkoalition zur Auswahl, nur will jetzt niemand mehr, mit der CDU/CSU verhandeln. Zu festgefahren und zu verstaubt sind die Ansichten der Union. Der schwarze Spuk hat ein Ende. Gott sei Dank! Die SPD freundet sich schnell mit den Grünen und der FDP an. Alle drei Parteien haben deutlichen Zuwachs bekommen, was die Sitzverteilung im Bundestag betrifft. Da wird sich einiges grundlegend ändern. Das hoffe ich jedenfalls. Die Sondierungsgespräche und auch die Koalitionsgespräche finden recht still und ohne zerreißende Informationsflut über die Medien statt. Die Kleinkinderzankereien, die einem bei der Union ständig zur Brechreizgrenze gebracht haben, bleiben aus. Man könnte meinen, dass sich die neue Regierung, die sich noch im verpuppten Raupenzustand befindet, jetzt schon erwachsener ist, als die Alte. Bei mir macht sich langsam ein sympathisches Gefühl im Bauch breit. Es könnte Vertrauen sein. Ich hoffe es wird nicht allzu sehr enttäuscht.

Ein gewisser Abschied

So langsam rückt der Feinschliff für die Übergabe der Luxemburger Wohnung in unseren Fokus. Wir haben beschlossen, dass wir die Renovierungsarbeiten selbst in die Hand nehmen. Eine Begehung mit dem Vermieter liegt schon hinter uns. Es müssen drei Räume inklusive Decken, weiß gestrichen werden. Natürlich sind auch andere Ausbesserungen erforderlich. Die Schäden von Schrauben und Nägeln müssen wir spachteln. Das wird noch mal ein Kraftaufwand werden, doch wir bekommen das schon hin. Mein Luxemburger möchte die Sache bis Ende November abgeschlossen haben. Und das ist gar nicht mehr so lange bis dahin. Also kaufen wir weiße Farbe, genügend Malerwerkzeug und Abdeckplanen hier in Deutschland, damit wir das Zeug nicht in Luxemburg besorgen müssen. Dort ist es nämlich deutlich teurer. Ein weiterer Luxemburger, ein sehr guter Freund, möchte uns helfen. Was die Sache für uns sehr erleichtern wird. Also machen wir uns, einige Wochen später auf den Weg. Milo ist wie immer dabei. Er wird es gar nicht so toll finden, dass wir die ganze Zeit so ruhelos durch die kahle Wohnung wandern. Doch da muss er wohl, genauso wie wir, einfach durch. Ein bisschen mulmig ist mir schon zumute. Ich weiß nicht so genau, ob wir die Renovierungsarbeiten wirklich an diesem Wochenende schaffen können. Die Räume sind wirklich riesig und es müssen ja auch die Decken gestrichen werden. Das ist immer sehr anstrengend. Ob meine Schulter das wohl alles mitmacht? Als wir ankommen, gibt es wie immer erstmal einen Kaffee. Die Fahrt ist, auch wie immer, ziemlich kräftezehrend. Und dann geht es ganz langsam voran. Für den ersten Abend kleben wir nur die Türen und Fenster ab und legen Malervlies auf die Böden. Nicht, dass wir im Nachhinein noch alles abschrubben müssen. Irgendwann gab es Essen. Wir haben uns Chili vorgekocht und mitgenommen. Es gibt schließlich noch andere Dinge zu erledigen, als am Herd zu stehen. Danach fielen wir einfach ziemlich platt ins Bett. Naja, auf die Luftmatratze. Das Bett ist ja schon eine ganze Weile nicht mehr hier. Doch zum Schlafen waren wir zu aufgewühlt. Seine Hände wanderten plötzlich, ein wenig zaghaft, zu meinen Brüsten. Sanft begann er meine Brustwarzen zu massieren, sodass ein wohliges Pulsieren in meinem Schritt zu spüren war. Raunend, fast schnurrend wie eine Katze, wandte ich mich ihm zu. Auch meine Finger begannen suchend über seine Brust zu gleiten. Fuhren über seinen Hals in

Richtung Rücken und zogen ihn näher an mich heran. Seine Lippen dockten sofort an und seine Zunge tanzte auf den Knospen meiner Brüste. Ich biss ihm zart in seine Schulter ließ meine Hände zu seinem süßen, kleinen Po wandern. Ich konnte nicht widerstehen ein bisschen in eine Backe zu greifen und ihn noch ein Stück näher an mich heran zu ziehen. Mit sanften Bissen, arbeitete ich mich vor zu seinen Brustwarzen. Eine sehr erregende Region für ihn. An ihnen zu saugen, lockt fast immer ein sinnliches Stöhnen aus ihm heraus. Meine Hände suchen jetzt, südlich des Bauchnabels, etwas pulsierendes, was förmlich darum bettelt, liebkost zu werden. Sein wunderschöner Penis hat seine ganze Pracht entfaltet und es fühlt sich einfach wundervoll an, ihn zu umfassen, zu massieren und seine Lusttropfen mit der Zunge aufzunehmen. Meine Zähne fahren vorsichtig über seine Eichel, meine Lippen umschließen sie und nun nehme ich ihn in voller Länge in mich auf. Seine Finger stecken nun auch schon tief in mir. Schmatzend hört man sie sich hinein und hinaus zu bewegen. Immer wieder massiert er kreisend mein Glöckchen und ich spüre, wie sich eine unglaublich starke Anziehungskraft in meinem Unterleib entwickelt. Ich muss ihn jetzt einfach in mir fühlen. Also steige ich auf ihn hinauf, öffne mein Tor für seinen stattlichen Schwanz, und sinke hinab. Jetzt kann auch ich nicht mehr still sein. Ich gleite auf und ab, in mir lodert es förmlich. Ich suche sein Gesicht, seine lustvoll glänzenden Augen, seine glühenden Wangen und seine Zunge, die tanzend auf die meine trifft. Ihm so nah zu sein, mit ihm so innig zu verschmelzen, was für ein Genuss.

Natürlich konnten wir beide nach diesem wunderschönen Akt der Liebe, schlafen wie die Babys. Gut erholt und bester Laune begannen wir nach zwei oder drei Kaffees wieder mit der Arbeit. Ganz gemütlich fing ich mit dem Streichen an und fertigte eine Wand nach der anderen ab. Natürlich war zuerst die Decke an der Reihe, sonst wäre ja im Nachhinein alles bekleckert worden. Mein Liebster erledigte den Feinschliff an den Fenster und Türrahmen, sowie an den Heizkörpern. Gegen Mittag kam auch der Freund meines Luxemburgers dazu. Er nahm sich das Arbeitszimmer vor. Den ganzen Tag über waren wir alle sehr fleißig. Sodass wir uns am Abend im Briedeler Stuff, ein Abendessen gönnten. Alle Zimmer hatten einen satten Anstrich erhalten. Wir wollten erst bei Tageslicht entscheiden, ob noch ein weiterer Anstrich nötig sein würde. Obwohl wir genügend Strahler zur Verfügung hatten, normales Sonnenlicht zeigt einfach am besten ein Resultat.

Fast fertig. Alle Klebestreifen und Folien können entfernt werden. Nur noch ein paar Pinselstriche und Putzarbeiten stehen für diesen Tag an. Das hätte ich nicht gedacht. Die Wände sehen größtenteils gleichmäßig aus, sodass keine Farbrolle mehr zum Einsatz kommen muss. Gegen Mittag ist alles erledigt, was die Renovierung betrifft. Nun müssen noch die letzten unserer Dinge ins Auto gepackt und die Schlüssel übergeben werden.

Auf der Rückreise in unser schönes Zuhause, ist mein Luxemburger recht still. Es ist mir klar, dass jetzt das alte Kapitel endgültig abgeschlossen ist. Das ist bestimmt ein harter Brocken. Doch er sagt, es fällt ihm überhaupt nicht schwer. Ich glaube er liebt sein schönes Haus, in dem er jetzt lebt. Mit mir und dem kleinen Milo. Er mag seinen schönen Garten, auch wenn er meint, dass er dort nichts zu sagen hat. Und er genießt die schöne Umgebung, mit den großen Wäldern, die nur ein paar Meter von uns entfernt liegen.

Das neue Jahr beginnt. Wir sind wieder mal schlafend hineingerutscht und das war sehr angenehm. 2022. Ich hoffe, dass sich Covid 19 endlich von uns verabschiedet. Auch wenn es absolut noch nicht so aussieht. Die neue Omicronvariante, macht sie flächendeckend breit. Kriecht wie ein Lauffeuer über den gesamten Globus. Die Zahl der Infizierten vermehrt sich explosionsartig, sodass in manchen Ländern eine Inzidenz von über 6000 auf 100000 Einwohner eintritt. Ich denke ja immer wieder, dass es gar nicht mehr schlimmer werden kann, doch es wird dann wieder getoppt. Wir haben ja gerade diese 4. Welle ertragen, in der die Deltavariante die Vorigen abgelöst hatte, und nun sind wir schon wieder in der fünften. Das einzige, das in dieser Welle angenehmer erscheint, ist der Krankheitsverlauf. Er soll deutlich milder sein. Ansonsten ist diese Variante sehr viel ansteckender und der Impfstoff, den ja mittlerweile fast 50 % der Deutschen ein drittes Mal intus haben, keinesfalls vor einer Infektion abhält. Also sind diesmal sehr viele Geimpfte dabei, die erkranken. Ich bin ziemlich sicher, dass wir diesmal auch nicht unbeschadet davon kommen. In den Medien wird immer wieder dazu aufgerufen, sich die Boosterimpfung abzuholen. Sie soll vor einem schlimmen Verlauf schützen. Die Impfgegner haben wieder neuen Zündstoff, weil man ja trotz der Impfung krank wird, also sei diese total sinnlos. Es wird ständig demonstriert und immer öfter werden dabei Polizisten verletzt. Das Volk scheint immer mehr gespalten zu sein. Wenn man jedoch auf die Impfquote insgesamt schaut, sieht man, dass fast 75% der Deutschen mindestens zweimal geimpft ist. Dazu gibt es noch einige Menschen, die aus Krankheitsgründen keine Impfung bekommen können, also ist es eine Minderheit, die dagegen ist. Vielleicht sollte man ihnen einfach die Freiheit lassen, selbst zu entscheiden. Es sei denn, sie haben mit kranken Menschen zu tun, oder mit Menschen, die kaum Abwehrkräfte haben. Da wäre es wirklich verantwortungslos, wenn man nicht einschreiten würde.

So wird man ständig hin- und hergerissen von seinen Gefühlen, den Ängsten und Ansichten. Ich bin sehr froh diese Zeit mit meinem süßen Luxemburger durchlebt zu haben. Und ich bin sehr gespannt auf alles was noch vor uns liegt. Es hat sich sehr viel bewegt in diesem doch recht kurzen Zeitraum. Manchmal scheint es mir so, als hätte ich die Zeit bevor der Luxemburger in mein Leben trat, nur geträumt.

Corona ist immer noch da und wird uns wohl noch eine Weile begleiten. Es rückt immer ein wenig näher, doch diese Krankheit wirkt lange nicht mehr so beängstigend wie am Anfang dieser Geschichte.